鬼愛づる姫の謎解き絵巻

～小野篁の娘と死に戻りの公達～

藍川竜樹

JN076526

二見サラ文庫

Illustration　双葉はづき
本文*Design*　若杉葉子

CONTENTS

5 序　話　逃げた亡者と小野篁の井戸

19 第一話　亡者追う姫と検非違使庁の愉快な面々

105 第二話　常世の夢

179 第三話　死に戻りの貴公子と、呪殺の宴

287 終　話　獄卒姫の嫁入り

序話　逃げた亡者と小野篁の井戸

その亡者が地獄から逃げたのは、人界でいう春の初め。かぐわしい白梅の香りが寒《かん》のゆるんだ風に乗りはじめたであろう、如月《きさらぎ》のことだった。

『なんということ、閻魔《えんま》王様の裁きも待たずに人界に逃げ帰るとは。これだから人という生き物は度しがたい！　乙葉《おとは》！　お前の失態よ！』

「……もうしわけありません」

乙葉は石畳の床に膝をつき、従順に〈義母《はは》〉に頭を下げた。

ここは地獄。その一画にある、官吏や獄卒が住まう官邸街だ。

人界とは違い、常春の閻魔庁界隈《かいわい》は、女人官吏の官服が裳《も》や唐衣《からぎぬ》をつけた十二単《じゅうにひとえ》であること、刑場で汗を流す獄卒が褐衣《かちえ》や腰布一つの軽装なこと以外はすべてが唐風だ。乙葉の父の邸《やしき》でも、緑の甍《いらか》の上を蒼《あお》の翅《はね》色が鮮やかな冥界蝶《ちょう》が舞っている。

そんな平安な昼下がりのこと。務めを終えた乙葉が邸の使用人房にある自室に戻ると、義母に、主《あるじ》たち一家が暮らす正房へと呼び出されたのだ。

『何が「そなたの足を濡《ぬ》らすに忍びない」よっ、何が「私が負《お》ぶって川を渡そう」よっ、どうして厚かましい亡者どもは地獄に人界の俗習を持ち込むのっ。おかげで三途《さんず》の川は地獄一の恋の修羅場よ。若い娘が気をとられるのも無理はないでしょうっ』

深紅の髪を振り乱して憤る鬼女《はは》の言葉をつなぎ合わせると、乙葉と同じく出仕し、高官の娘ということで三途の川にて重要な奪衣婆《だつえば》の役を担っていた異母妹の桃華《とうか》が、担当する亡者を一人取り逃したらしい。

それを聞いて乙葉は異母妹に同情した。

（場所が悪かった、としか……）

と、いうのも、死して人界を離れた亡者は、魂だけの存在になって地獄へ降りてくるのだが。

女人の場合、三途の川までたどり着くと、一度は結ばれながらも先に身まかった運命の相手が、刑の一時免除を願い出て迎えに来るのが、ここ百年ほど亡者の間で流行しているのだ。

（人界では、歌にまで詠まれる恋の風習だそうだけど）

引き裂かれた初恋の相手と再会し、嬉《うれ》し涙を流しながら川を渡る老婆もいれば、出迎えてくれると思った相手がいつまで経《た》っても現れず、立ち番の鬼に聞いてみれば、『その男ならとっくに他の女を迎えに来て渡っていったぞ』と知らされ涙にくれる娘もいる。

十人亡者がいれば十通りの恋模様があるわけで、三途の川は通《つう》の獄卒に言わせれば、いくら務めても飽きることのない、得がたい持ち場らしい。

そんなわけで、義母曰《いわ》く、今朝も川の畔《ほとり》では、亡者たちによる恋のさや当てが行われていたそうだ。

『なんでも吊《つ》り橋が落ちて同時に溺死して、手を取り合って死出の山を越えた仲睦《なかむつ》まじい男女の前に、女の若くして死んだ初恋の男が現れて「どちらの男と川を渡るか」と迫ったそうなのよ』

それは確かにもめる。

まだ十四歳と年若で、恋話に興味津々な異母妹は三つ巴《どもえ》の取っ組み合いにまで発展した騒動の行方を、仕事を放ってついつい見守ってしまったのだとか。

その隙をつかれた。

間が悪いことに近くには餅をのどに詰まらせ、寿命でもないのに地獄に迷い込んだ老人がいて、人界へと送還されるのを待っていた。

くだんの亡者はその老人と衣を替え、人界への門をくぐったのだとか。

異母妹の、つい、うっかりな監視不行き届きだ。

（強いて他に責任を求めるなら、亡者の成りすましを見抜けなかった門番の怠慢？　それとも若い娘を三途の川に配した人事の失敗？　どちらにしろ、それがどうして三途の川から遠く離れた閻魔庁で、備品倉整理をしていた私の失態になるの……？）

完全な八つ当たりだ。が、いつものことなので乙葉は下げた頭をさらに低くして、嵐の通り過ぎるのを待つ。

だが、今日は流れが違った。

いつもなら当たり散らすだけ当たり散らせば、もう顔も見たくないとばかりに、

『いつまでそこで怠けているの。さっさと側溝浚《どぶさら》いでもしにお行き』

と、追いたてる義母なのに、

『お前、逃がした亡者を連れ戻しておいで。このままでは桃華の査定に障りが出るから』

なんと、乙葉に後始末を命じたのだ。

「え、ですが」

乙葉は珍しく義母の言葉の途中で顔を上げてしまう。十二単の裳が揺れ、髪につけた日《ひ》陰《かげ》の糸飾りと歩揺《ほよう》が、しゃらりと涼やかな音を立てた。

乙葉が驚くのも無理はない。亡者を捕まえる、それは腕に覚えのある獄卒のお役目だ。

継母が怒りに任せて叩き割った花器や調度の片づけ、異母妹が面倒がる帳簿つけや手紙の代筆など、家内の始末であれば日常業務だ。乙葉でも十分務まる。

だが〈地獄の鬼〉としての仕事となると。

「む、無理です、どうかお許しを。私はお義母《かあ》様たちとは違い、鬼の力を持ちません……!」

乙葉は必死に言った。初めて行う反抗と人界への恐怖から、体ががくがくとふるえ出す。

「だって、私は、鬼ではなく、〈人〉ですから」

言った。言ってしまった。

ぎゅっと目をつむり、乙葉は身をすくめた。

地獄を統べる閻魔王の側近。そんな鬼もがひれ伏す肩書を持つ乙葉の父は、実は〈人〉だ。

名を、小野篁《おののたかむら》という。

人界の朝廷で従三位《じゆさんみ》の参議にまで昇った父は書をよくし、明法道《みようぼうどう》にも通じた優秀な官で、おかしいことにはおかしいとはっきり言える反骨の人だったそうだ。

（その正義感をかわれて、昼は人界で官吏を、夜は地獄で閻魔王様の補佐を務めていたそうだけど）

その後、無事、寿命を終えた父は地獄へ降り、正式に閻魔王に仕える冥官となった。王より賜った邸に鬼の名家の出である義母を妻として迎え、異母妹である桃華をもうけた。

鬼の身籠もり期間は三年と長い。大事をとって義母は実家へ戻り、父は孤閨《こけい》をかこつうちに郷愁の念に駆られたのだろう。誤って地獄に迷い込んだ〈希人《まれびと》〉である乙葉の母と出会い、庇護《ひご》するうちにわりない仲になったという。

生きながら魂だけが地獄や神域など、異界に迷い込んだ希人はその間、現世の肉体が死の状態にある。そのため、息を吹き返した後に〈死に戻り〉と呼ばれて忌まれることが多い。それを哀れんだ天帝が、彼らが欲する力を一つ異能として授けることがある。

乙葉の母はそれだった。

母は人界ではやんごとなき家の姫だったという。深窓育ちの母に恋人との別れは酷だった。悲しみのあまり授かった異能で父との記憶を消した。

そのうえで己の膨らんだ腹を見た母は悲鳴をあげた。母からすれば乙葉は覚えもないのに胎《はら》にいた、おぞましい赤子だったのだ。

(だから、捨てた)

乙葉は祖父母の手で宇治《うじ》の山荘に築かれた土牢《つちろう》に入れられ、忌子《いみご》として育ったのだ。

それを知り、閻魔王の許しを得た父が迎えに来てくれたのが七つの時。

つまり父に引き取られ、地獄に籍を得たとはいえ、乙葉は〈人〉なのだ。

地獄の成人である十四歳となり、閻魔庁にも仕官はできたが、ただの〈人〉である乙葉は角もない軟弱な姿を侮られてしまう。亡者相手の仕事はできない。

(だから割り当てられたのは備品管理の裏方仕事。それでも亡者と顔を合わせることもあるから、勤務中は恐ろしい面をつけて用心しているほどなのに)

そんな乙葉が逃げた亡者を追っても、どうやって捕まえれば。

義母が言う。

『一応、お前も母の胎を介しての〈死に戻り〉でしょう。異能を授かっているじゃないの』

「で、ですが私の異能は人の感じていることがなんとなくわかる程度のもので」

相手が嘘《うそ》をついているかくらいはわかるので、十王《じゅうおう》に裁きの場に呼んでもらえることもある。が、亡者を取り押さえる役に立つとは思えない。

「しかも人界には筋骨隆々とした鬼でもかなわない、陰陽の技を持つ陰陽師《おんみょうじ》や加持祈禱《きとう》をよくする僧がいると聞きます、無理です」

寿命は人の定め。それを強引に捻《ね》じ曲げ、公務で亡者を迎えに出た鬼を手ひどく追い払い、時には式として捕らえてしまうこともあるとか。

(そんなところへ、私が行けば)

腕力など人と変わらない、いや、小柄で痩せっぽちなだけにへたな亡者より非力な乙葉などすぐに捕らえられてしまう。

何より、地獄育ちの乙葉は生きた人が怖いのだ。

幼い頃、父が迎えに来てくれるまでたった一人、疎まれながら生きた記憶があるから。

「お義母様、どうか」

必死に請う。

だが無駄だった。

『桃華には大事なお役目があるのよ。それを休んで亡者を追えというの？』

鼻で笑われた。

『閻魔庁には休みを取ると伝えてあげるからすぐ行きなさい。ま、使いを送るまでもなく、お前などいなくても誰も気にしないでしょうけど』

閻魔王の口添えもあり、乙葉を邸に引き取ることには同意した義母だが、夫が犯した不貞の証《あかし》を許してはいない。そして乙葉も悪印象を跳ね返せるだけの愛想のよさを持っていない。人と話すのもへたで、誰かの前に出ると緊張して身がすくんでしまう。それがまた相手の気に障るという悪循環に陥る。

『人界を這《は》いずり回って亡者を探すなど、人の胎から出たお前にはぴったりよ』

義母に殿舎から院子《にわ》へと蹴り出されて、ぴしゃりと扉を閉められてしまう。こうなっては言いつけられた仕事を成し遂げない限り、邸には入れてもらえない。

そしてこんな時に限って、父の篁は天界へ合議で出向いている。当分帰ってこない。

（……邸にいらしても、お父様ではお義母様にとりなしていただくのは無理だけど）

父は情に厚く正義感も強いが、自省の念も強い人だ。己の過ちに気づくと、えんえんと悩み続けるところがある。

妻が初めてのお産で心細い思いをしている時に他の女に手を出してしまった。結果、乙葉の母まで不幸にした。その弱みがあるため、義母には逆らえない。それどころか、かばえばかえって義母の逆鱗《げきりん》に触れると知る父は、ことさら乙葉とは距離を置く。

(どうしよう……)

乙葉が呆然《ぼうぜん》と座り込んでいると、その袖口から小さな輝くものが三つ転がり出た。

ふんわり紅色をした、掌《てのひら》に載るくらいの炎の魂だ。

蠢《うごめ》く炎の陰影でそれぞれ、一、二、三、という字を額に浮かび上がらせた彼らは、ふよふよと宙に浮きながら、口々に乙葉を励ましてくれる。

『乙葉、元気出せよ』

『俺たちがついてるだろ』

『あんな鬼母の言うことなんか気にするな』

地獄へ降りたばかりの頃、乙葉が闇を怖がることを知った父が義母に内緒で守役にとつけてくれた、火の玉三兄弟だ。

『行けっていうなら行ってやりゃあいいんだ』

『そうそう、で、ぱぱっと片づけて帰ってきて、鬼女をぎゃふんと言わせてやろうぜ』

『俺たちがついてりゃ百人力だからな。僧や陰陽師にも手出しなんかさせないってんだ!』

「……ありがとう」

そっと手を伸ばし、火の玉たちを抱き取る。彼らは小さいとはいえ、焦熱地獄の業火から生まれた炎の獄卒見習いだ。人が触れれば一瞬で骨まで溶かされてしまう。が、乙葉を気遣い、体表の温度を人肌にまで下げてくれている。

温かな、乙葉も知らない母の胸にも似たここちよさの炎たち。彼らといると乙葉の心にもほっこりと、闇夜のともし火のような温《ぬく》もりが宿って勇気が出てくる。

「そう、よね。あきらめていたら何もできないよね。それに見方を変えたら、これはすべてにおいて鬼に劣る私が初めて桃華に姉らしいことができる、貴重な機会かもしれない」

自己満足かもしれないが、どんな扱いをされようと、〈母〉という存在を他に知らない乙葉は義母を慕っている。桃華のことも可愛《かわい》いと思う。

義母からすれば信じた夫に裏切られたのだ。怒りを向けられても仕方がない。家族の輪に入れてもらえなくても無理はないとあきらめている。

(何より、実の母にも捨てられた私を鬼の激情に任せて引き裂いたりせずに、乙葉、と名を呼んでくれるのだもの。それだけでもお義母様には感謝してもし足りない)

頑張ろう。

優しい火の玉たちを抱き締めて、乙葉は立ち上がった。邸の裏手へと向かう。

そこにあるのは、かの昔、父が人だった頃に地獄と人界を行き来するのに使ったという年代物の井戸だ。父が寿命を終え、地獄に降りた後は誰も使っていない。まだ働くだろうか。

(……もし、ただの井戸に戻っていたら)

飛び込んだ乙葉は、底に満ちた水で溺れてしまう。が、これを使うしかない。人である乙葉は他の鬼たちのように自力で界《さかい》を越える力はない。

井戸の縁に手をかける。

これを越えれば。

(いちかばちか!　でも怖い……!)

昏《くら》い、底の見えない井戸を覗《のぞ》き込み、逡巡《しゅんじゅん》した時だった。

くらりと立ち眩《くら》みが乙葉を襲う。

(あ、そういえば。昨夜もその前も火炎地獄の薪《まき》の収支まとめで一睡もしてなかった)

薄幸体質の乙葉は、継母たちだけでなく同僚の性質《たち》の悪い鬼たちにも目をつけられている。父の留守中は職務外の雑用を押しつけられることがよくある。

眼《め》の下にクマをつくりふらふらしている乙葉を見かねて、閻魔庁の裏方、厨《くりや》の主《ぬし》である馬《め》頭《ず》鬼《き》の女将《おかみ》が、たっぷりよそった粥《かゆ》を渡してくれたのもまずかった。

『徹夜明けの賄いよ、帰る前に食べてきなさい。どうせ邸じゃろくなもの食べさせてもらってないんでしょ』

丁寧に油を絡めて乾かし、花開くように割れた米を煮込んだ粥は絶品だった。とろりとした米の甘さと鶏出汁《とりだし》の旨味《うまみ》、生姜《しょうが》の隠し味がきいた粥はできたての熱々で、添えられた搾菜《ザーサイ》と皮蛋《ピータン》の濃厚な滋味が疲れた体に染みわたった。

涙が出るほどうまかったが、久々の満腹感は睡魔に拍車をかける。

目の前が真っ暗になって、立っていられない。

(もっと早くにまとめを上げて、宿直房で仮眠をとってから帰ればよかった……)

それが乙葉の地獄での最後の思考となった。

ぐらりと足がもつれる。視界が揺れる。

限界に来ていた乙葉のか細い体は、そのまま吸い込まれるように、人界へとつながる井戸へ落ちていったのだった。

第一話　亡者追う姫と検非違使庁の愉快な面々

1

衛門府《えもんふ》の武官、藤原冬継《ふじわらのふゆつぐ》がその騒動に巻き込まれたのは、今が盛りの紅梅が樹下の白砂に影を落とす、自邸の庭を歩いていた時のことだった。

野暮用ができたので帰宅早々邸《やしき》には上がらず、塀内を裏手へと向かっていたのだ。

うららかな春風に、可憐《かれん》な花影が揺れる。

冬継はゆっくりと進めていた足をふと止めた。そのまま満開の花を見上げたのは、清げな香りに誘われたからか。紅梅に、白梅、幾重にも広がる花の波がそこにあった。

(人が去り、長らく放置されていた荒れ邸の花木だが、主《あるじ》が変わり、手を入れたことで無事に息を吹き返したようだな)

柄にもなく花を愛《め》でてみたのは、目下の問題から気をそらすためかもしれない。

和やかな春の大気に交じって、とうてい和やかとは言えない声が前方から響いてくる。

「おんどりゃあ何見てけつかる、殺すぞ、ごらぁっ」

「んだと、われぇ、石詰めて鴨川《かもがわ》に沈めたろか、あぁ⁉」

髭面《ひげづら》に着崩した縹《はなだ》衣《ごろも》姿の、どこから見ても堅気ではない男たちが、井戸端で桶《おけ》を取り合い、発情期の雄猫よろしく角突き合わせていた。

（何故《なにゆえ》、自宅に戻ってまで面倒な諍《いさか》いに巻き込まれねばならない……）

ため息が出る。

冬継は人と接するのが好きなほうではない。はっきり言うと、嫌いだ。

貴族の習いで宮仕えこそしているが、勤務時以外は邸に引き籠もっている。

出世や流行の恋の戯れにも興味はなく、長年仕える爺《じい》やが黙って置いていった苔玉《こけだま》を眺めて日を過ごせる。ある意味、手軽な男だと思っている。

が、さすがに十七にもなってこれでは父の眼《め》が厳しい。なので昨年の除目《じもく》で衛門府の少《しょう》尉《じょう》に任じられたのを期に、没落貴族の邸を買い家を出た。

かしましくさえずる女人は苦手なので女房は置かず、新居にもついてきた爺に采配は任せ、白木の香も清々《すがすが》しい邸で暮らしはじめたのがつい先月のこと。

（これでやっと静かに過ごせる……）

と、本日の務めを終え、邸まで戻ってくると門の陰で牛飼い童《わらわ》が泣きじゃくっていた。

「恐ろしい風体の群盗たちがお邸に入り込んでいます」

袖にすがり訴えるので来てみると、この有様だ。さすがに放っておくわけにはいかない。

「……何事だ」

井戸端にいる男たちに声をかける。

ごつい男たちの中でただ一人、柳重ねの狩衣《かりぎぬ》という粋な装いの男が振り向いた。年の頃は三十半ばか。女が騒ぎそうな苦み走った顔にまばらな無精髭を生やした、少し崩れた雰囲気のある男だ。慇懃《いんぎん》無礼というには軽すぎる態度で声をかけてくる。

「あー、藤判官殿《とうのじょう》、お邪魔してますー」

検非違使庁《けびいしのちょう》の大志《だいさかん》を務める中原鞍明《なかはらのくらあき》、世間からは〈中主典《ちゆうのだいさかん》〉と呼ばれる、ちょい悪親父《おやじ》だ。

他の髭面男たちも冬継を見て、一斉に、うっす、と頭を下げる。

一応、一礼しているのだが皆、目つきが悪いので、正直すごまれたとしか思えない。

(牛飼い童が怯《おび》えるのも当然か)

この柄の悪い男たちは中主典が使っている放免《ほうめん》たち、冬継の配下にあたる男たちだ。

冬継は衛門府の武官だが、検非違使庁の少尉も兼務している。

検非違使は律令にはない令外《りようげ》の官だ。都の治安維持から、帝《みかど》の御幸《みゆき》の際の路《みち》の清掃まで、職責は多岐にわたるが、帝より宣旨を賜って動くのが基本のせいか、上位の者は皆、兼任だ。常駐するのは大志以下の官吏と、彼らが使う放免のみになる。

放免とは、捕縛された罪人の中で追捕《ついぶ》の手足とされた者のこと。元が破落戸《ごろつき》の彼らは刑を終え、娑婆《しやば》に出ても行くあてがない。食い詰め、また罪を犯すのを防ぐため、検非違使職についた貴族が私財を投じて雇うのが慣例となっている。

　そういうわけで、何かあれば彼らが冬継の邸まで訪ねてくるのもわかる。

（が、問題は、それがなぜ、こんな裏手で喧嘩《けんか》騒ぎを起こしているか、だな……）

　思わず白い目になった冬継に、中主典が手をひらひら振ってくる。

「やだなあ、判官殿。そんな顔しないでくださいよ。私らはまっとうな職務で来たんですよ。別当《べっとう》殿から命令書が出たんで届けに。この時刻じゃ判官殿も衛門府を出られた後かなって」

「……ならば中門にいた者に言伝《ことづて》を与えればよかろう。邸には留守居役がいる」

「いえね、そうしようかとも思ったんですけど。ほら、今上帝《きんじょう》のお従弟君《いとこ》で、藤氏北家《とうしほっけ》の流れを汲《く》む御曹司《おんぞうし》なーんて尊い上役のお邸はどんなとこかなって見物、もとい、見回ってたんですよ。盗賊が入りやすい邸だったら困るでしょ。気のきく部下を褒めてくださいよー」

　中主典がおどけると、放免たちも神妙な顔でぼそぼそと言い訳する。

「……で、裏まで来たら井戸があったもんで。のども渇いたし、毒見もかねて水でももらおうかって。近寄ったら、雑色《ぞうしき》が桶を手に困ってたんっすよ。井戸が涸《か》れたって」

「それで俺らが代わりに汲んで様子を見てやろうとしただけでさあ」

「したらこいつが横から邪魔しやがって」

「なっ、邪魔したのはそっちだろうが」

放免たちがまたにらみ合いをはじめる。

「……そなたらがいる事情はわかった。が、桶を取り合って喧嘩をする必要はなかろう」

「すみませんねえ、こいつら元が短気な京わらんべで、自分を抑えるってことしないから」

まったくすまないと思っていない顔で、中主典がへらっと笑う。

(短気がどう以前に、どうせ煽《あお》ったのはそなただろうが)

冬継は胸の内で突っ込んだ。

確かに放免たちは喧嘩っ早い。こんな連中を統率せねばならない今の立場に頭が痛い。が、それにもまして頭が痛いのが、中主典の存在だ。

(正確に言うと、間に立つべきこの男に放免たちを抑える気が一切ないこと、だな……)

朝廷の枠組みが定まった昨今、出世はすべて前例にならう。

父が上の位にある者は何もせずとも要職を歴任していくし、下の者は下のまま。それは検非違使も同じだ。

中主典は兼任の上役たちとは違い、現場一筋の叩き上げだ。何も知らない若い上役が着任するたびに代わって追捕の指揮を執る。が、立てた手柄は一、二年ですぐに栄転していく上役のものとなる。いくら頑張っても自身が上に行くことはない。

（かといって手を抜き、罪人を逃しでもすれば処罰されるのは現場の下っ端だ。それどころか血気盛んな〈お坊ちゃま〉が現場に飛び出し、傷でも負おうものなら首が飛ぶ。中主典にとって上役とは、厄介な上からの預かりものでしかないからな）

そんな先の見えない諦観からか性格が屈折して、処罰を受けない程度に手を抜き、上役を困らせて楽しむのが趣味という、悪い癖がついている。

そんな彼にとって、他の上司のように挑発に乗ってこない冬継の淡々とした態度と無表情は、「下々の者など相手にできるか」と見下されているように思えて不快らしい。

（が、そう言われても）

困惑するしかない。

（この顔は訳あり、いや、生来のもので、単に喜怒哀楽に乏しいだけなのだが）

決して、彼らを見下しているわけではない。

（それに藤氏といったところで我が家はすでに主流から外れている。平安の世も安定した今日《こんにち》、不比等《ふひと》公の一枝から別れた藤の木は、順調に蔓葉《つるは》を伸ばして、今では廟堂《びょうどう》を占めるほとんどが藤原姓だ。そんな中、曾祖父の早世で位が上がらなかった我が家など、先が知れている）

現に後宮に上がった伯母《おば》は皇子を幾人も産み、国母にまでなったが、皇后位は得られなかった。

(女人としての至高の地位は伯母上より後に入内《じゅだい》した、左大臣家の姫が得た。伯母上はただの女御《にょうご》のまま死んだ)

何を気にするのかと思う。が、中主典は気にする。

(迷惑だ)

そう思うがどうせ一、二年の付き合いだ。腹を割っての関係改善も面倒だと今に至る。

「水が欲しいなら厨《くりや》に回れ。のどを潤おす分くらい汲み置きの水で賄えるだろう」

冬継は淡々と言う。招いたわけではないが、〈お役目の使者〉として来た以上、上役として労《ねぎら》わないわけにはいかない。

「あ、ついでに何か腹に入れるものもあれば。中食《ちゅうじき》とってないんで小腹が空《す》いて。でも、水が涸れたってのは困りましたね。判官殿のとこ井戸はここしかないんでしょう?」

たかる気満々の中主典も、気のきく部下らしく狸《たぬき》芝居をして、問題の井戸を心配してみせる。

「判官殿の懐じゃ水代くらい困らないでしょうけど、この桶の湿り具合、ついさっきまで水があったって感じですよね。なのに汲めないって途中で何かつっかえてるんじゃないですか? んー、暗くて見えないな。これ、投げ入れればわかるかな」

中主典が桶を手に取り、釣瓶《つるべ》の縄の強度と長さを確かめた。

「詰まったものにぶつかる音が聞こえるか、涸れた井戸底にあたる音がするか。ちょっと勢いつけて投げ込んでみますんで、判官殿はこの邸の主として様子を見ててください」

「……私にあてるなよ」

腹に一物どころか三物も四物もある男が相手でも、表面上、友好的に来られては上役としては断れない。警戒しつつ冬継は暗い井戸の中を覗《のぞ》き込んだ。

（何か詰まっているなら井戸をまた浚《さら》うのは面倒だな）

陽《ひ》を反射する水面の光がわずかでも見えないかと、冬継が目をこらした時だった。何かが視界の端をかすめた。

ふわり、と、月も星もない夜空が凝《こご》ったような暗い隧道《ずいどう》に、あえかな色が見えたのだ。

（……なんだ？）

闇一色の世界に生まれた色彩。

水や岩などではありえない薄い桃、紅、それに緑、金。

一瞬、井戸の水面に花が落ち、揺れているのかと思った。だが違う。

もっと大きい。暗闇の中、鮮やかな色が揺れる。舞い落ちる花びらの動きを逆さにしたようにゆっくりと、井戸の中を何かがこちらへと浮かび上がってくる。

（袿《うちぎ》、か……？）

目をこらすと近づいてくるものの詳細が見えてきた。花ではない。絹だ。

五節《ごせち》の舞姫が身に着けるような領巾《ひれ》をなびかせた美しい十二単《じゅうにひとえ》だ。衣の花弁に縁取られた花心めいた飾り櫛《くし》や釵子《さいし》の煌《きら》めきまでもが見えてくる。

どんどん井戸の奥からせり上がる美しい衣。華やかな梅重ねの色合い。

雪夜に点《とも》った灯籠のようなほのかな紅の灯《あかり》が、その周りで揺れていた。

（女人？　それに……紅の光る苔玉？）

なぜそんなことができるのかはわからない。だが確かに〈彼女〉はそこにいて、井戸の中をゆらゆらと浮かび上がってくる。

彼女が顔を上げた。目が合う。

濃き緑の肌に大きな丸い眼、眉のあるべきところからは豪快に白い長毛が伸びている。

面、だ。

さらさらと流れ落ちる黒髪と日陰の糸飾りの間から覗いたのは、ぎょろりとした目を持つ、人外を象《かたど》った木彫りの面だった。

（納蘇利《なそり》、か……）

勇壮で、それでいてどこか滑稽なその面は、冬継にも見覚えがある舞楽の面だ。

そんな面をなぜかぶっている。

息をのみ、あまりな非日常感に脱力した時だった。冬継の体で陰になり、井戸の中が見えていないのだろう。桶を振りかぶった中主典が声をかけてきた。

「じゃ、投げますよ、判官殿」

まずい。

（そういえば桶を投げ入れるから見ていてくれと言われたのだった）

つい、〈彼女〉に見入って失念した。

水を吸った桶は重い。そんなものを力任せに投げ入れて井戸の中の彼女にあたったら。

「待て、中主……」

「せーの」

あわてて止めたが遅かった。勢いよく投げ込まれた桶が、井戸の中の面にもろにあたる。

「あ、」

「え？　声？　まさか誰かもう中を調べに入ってたんですか？」

カコーン、と。

小気味のよい音がして、謎の袿の塊は井戸の底へと落ちていった。


「……そなたが地獄の閻魔《えんま》庁の官吏で、小野《おの》氏の姫？」

冬継は困惑しながら、地面にへたり込んでいる娘を見た。

聞かされたことがとっさに頭に入ってこない。

（嘘《うそ》を言っているようには見えないが）

気絶しているところを井戸から担ぎ出した娘は、歳《とし》の頃は十四、五か。

艶やかな黒髪に、伏せられた重たげな睫《まつ》毛《げ》、その下にある黒曜石の瞳は大きく潤んでいる。品のよい言葉遣いで所作も美しく。抜けるような肌の白さといい、心細げに震える薄い肩といい、見つけた場所こそ異様だが、深窓の姫君で間違いない。

が、彼女は自分が地獄の住人だと言う。

「その、義母にお使いを頼まれたのです。それで界越《さかい》えのために井戸を覗いたところ、立ちくらみを起こして中に落ちてしまって……」

がくがくとふるえながら、

「人が、生きた人がいっぱい……」

と、うなって何度も気絶する彼女をなんとか落ち着かせ、混乱のあまりか黙秘を決め込むのをなだめすかして聞き出したところによると、彼女は閻魔庁の官吏で、逃げた亡者を追って人界に来たのだとか。名は乙葉《おとは》というらしい。

「その、この邸の元の持ち主は私の父で、井戸は地獄とつながっているのです。古いのでどうなるかと思ったのですが、幸い人界に来ることができて。ですが安堵《あんど》したのもつかの間、父から聞かされていた、外へ出るための縄梯子《なわばしご》が朽ち果てていて……」

当然だ。古いこの邸は購入時に井戸も綺麗《きれい》に浚って、釣瓶も新設した。水を汲む用途以外のものは残していない。

「それで仕方なく火の玉たちに袂《たもと》に入って押し上げてもらっていたのです。それで顔を上げましたら光の中を何か影がよぎって、額に衝撃が来て失神してしまって……」

中主典が投げた水桶だ。その点は謝らねばならないのはこちらだろう。

彼女はまさか邸の持ち主が変わっていたなんて、と身を縮めているが、いったい何年前の話だ。冬継が購入した時にはすでにこの邸は住む者のいない荒れ邸になっていた。

（それに火の玉？　そういえば井戸奥の暗がりだというのに、姿はよく見えたが）

今はいない。

聞くと火の玉たちは落下の際に乙葉の下敷きになってつぶされ、地獄へ戻ったそうだ。

「滅したわけではなく復活のため妖気を養っているだけですので、どうかご心配なく」

「いや、別に心配はしてないけど……」

中主典が突っ込んだ。彼女が目に見えて落ち込みながら頭を下げる。

「大変申し訳ありませんでした。知らなかったとはいえ、閻魔庁の官吏だというのに、他人様のお邸へ、不法侵入の罪を犯してしまったとは」

問題はそこではない。いちいちずれているというか、浮世離れした娘だ。

「……確かに小野氏の篁《たかむら》殿には人外のモノが見える不思議な力があったと、祖父が話すのを聞いたことがあるが。童の頃に百鬼夜行から助けてもらったとか」

「篁殿って、あの、美人で名高かった小野小町《おののこまち》の祖父殿の？」

興味津々、放免たちも会話に加わってくる。

「それってもう何十年も前に鬼籍に入った方っすよね。その娘と言われても……」

「小町姫の実物は見たことないけど、出回ってる絵姿なら昔、押し入った邸で見たことあるぜ。それと比べりゃ、まあ、似てないことはない可愛い顔してるけど、どう考えても歳が合わないよな。この子、髪上げは済んでるけどまだ子どもだろ？」

「野狂公《やきょうこう》が亡くなって何年経《た》ってんだよ。地獄で生きてたにしたってよぼよぼの爺さんだ。子どもなんかつくれるのかよ……」

「小野小町という方は知りませんが、父は爺さんではないです。魅惑の五十代のままです」

彼女が必死に説明する。

「一度、寿命を迎えた者は地獄の刑期があけるまでは歳はとりませんから。さもないと何百年、何千年とかかる地獄の刑罰をこなせなくて。嘘などついていません、信じてくださ い……！」

自分でも何がなんだかわからなくなっているのだろう。彼女はもう涙目どころか舌を噛《か》みまくっている。

「本当に怪しい者ではないのです。逃げた亡者さえ捕まえればすぐに地獄に戻り、二度とご迷惑はかけませんから……」

ふるえる手で懐から取り出した袋を開けると、中には丁寧に畳まれた紙が入っている。

「どうかこれを。私の身分を証明する書きつけです。地獄育ちとはいえ、私は人でしかない。あまりに何度も迷い込んだ生者と間違えられて、獄卒に保護されましたので、そのたびに呼び出される父が、これでは不便だからと、『そういう時はこれを出すように』と言って持たせてくれました」

「よく迷子になる子に、家の名を書いた札を持たせるようなものですか。……へー、これは確かに野狂公の手跡ですね。墨の蹟《あと》も新しい」

中主典が手を伸ばして書きつけを受け取った。じっくりと眺める。

「野狂公は〈令義解《りようのぎげ》〉の編纂《へんさん》にも関わられた、私ら明法家《みようぼうか》の先達とも言うべき方ですから。私が知るものより貫禄《かんろく》がついてますが、このおおらかでいて繊細な筆運び。手習いの手本にと何度も見たものと同じですよ」

「……信じるよりないな」

冬継は言った。中主典は明法家一族の出だ。篁公の記した書には親しんでいる。その彼が言うなら間違いない。今朝まで水を湛《たた》えていた井戸が涸れるという不思議な現象もある。

この娘は地獄から来た閻魔庁の官吏で、かの小野篁公の娘だ。

「となると、どうしたらいいんですかね。いきなり井戸から現れたわけだから、当然、都に入る際の過所《かしよ》の申請なんかしてませんよね」

中主典が面白がっている顔で言った。

「そもそもこの世に籍なんてないだろうし、小野氏の邸に連れていくのもおかしいですよね。現世じゃとっくに死人になった人の娘ですし」

困った。どう扱えばいいかわからない。

「陰陽寮《おんようりよう》か寺にでも渡すのが定法かもしれませんが、そうなるとこの子、人に化けた鬼扱いで、調伏《ちようぶく》するぞって山ほど護摩《ごま》の煙を嗅がされますよ。へたすりゃむせて死んじゃうかも」

それはさすがに後味が悪い。人と接するのが嫌いとはいえ、冬継とて鬼ではないのだ。なら、どこへ預ければいいのか。

（……面倒ごとは嫌いだというのに、なぜにこんな厄介ごとに巻き込まれた）

頭を抱えたくなる。

目の前の娘は、寺は嫌、調伏は嫌、とがたがたふるえている。

その顔色は蒼白《そうはく》だ。都の治安を預かる者として、身元不明人の落ち着き先を検討しているだけなのに、ものすごく悪いことをしている気分になる。

しかもなんだろう。失神していた時に息苦しいだろうとわざわざ外してやった納蘇利の面を、彼女は身を守る盾にするつもりなのかまた顔につけ直している。

舞楽の面とはいえ、納蘇利は蘭陵王《らんりようおう》と並ぶ恐ろしい面だ。なのにこの娘がつけると眉から伸びる長い毛がふよふよと風に靡《なび》いて妙に笑みを誘うというか、脱力させる。

しかも彼女は隠れているつもりなのか冬継からはじわじわと距離をとり、放免たちの間に埋まっている。

冬継は人が嫌いだ。あまり密に付き合いたいとは思わない。

が、ここまで怯えて距離をとられるとそれはそれで気になる。

中主典がぽつりと突っ込んだ。

「……兎《うさぎ》が追われて慣れ親しんだ藪《やぶ》に隠れるのと似た心境なんでしょうね。放免たちはどちらかというと人より鬼に近い姿ですから。この一点だけとっても地獄出身って自己申告、信じていいかもしれませんね」

通常、まともな育ちをした女子どもなら、放免たちには近づかない。

ごつい男たちに埋もれた小さな娘は、納蘇利の面をかぶっていても熊の群れに紛れ込んだ栗鼠《りす》のようで、ちんまりとして愛らしく、男たちに押しつぶされそうで見ているとはらはらする。

本人に恐怖はなく、冬継たちといる時よりも和んでいる気もするが。

(……そなたを井戸から助けたのは私なのだが。なぜ、何もしていない放免たちになつく)

理不尽なものを感じて、また少し気になった。

そんな空気は無頼漢の放免たちにも伝わるらしい。

ごつい、怖い、でかい、の俺たちが判官殿たちを差し置いて小さな娘になつかれた！　との衝撃から覚めると、皆、おそるおそる、だが初対面の時とは違い、哀れみと庇護《ひご》欲を込めて自分たちの間に埋まっている娘を眺めている。

「……なんつーか、俺たちの間にいると、でかい犬の子の群れに放り込まれてもみくちゃにされてる二十日鼠《はつかねずみ》みたいっすね」

「異種族感が半端ないっていうか。こんなちっこいのに一人で知らない都へお使いに来たなんて、苦労したんだなあ」

「安心しろよ、俺たちゃ検非違使だ。その逃げた亡者だって捕まえてやるからな。そんでもって、ちゃんと親元に帰してやるからな」

元が悪逆非道の罪人の放免たちが、慈悲の眼差《まなざ》しで寄ってたかって小さな娘の頭をなではじめて、冬継はあっけにとられた。

「ちょっと待て」

放免たちが改心して優しい心を持つのはよいことだ。が、よけいな荷物を背負い込んでどうする。

止めようとしたところで中主典が言った。

「腹をくくりましょうや、判官殿。今そんな態度に出れば判官殿は間違いなく悪人ですよ。

ほら、柱の陰から爺やさんも覗いてますよ。そんな坊ちゃまに育てた覚えはありませんって」

言われて振り返ると、邸の簀《す》の子《こ》に悲しそうな顔をした爺がいる。

「保護責任の所在といえばこの邸の井戸から出てきた迷子なんですから、邸の持ち主であり、最初にこの子を見つけた判官殿が責任をとって面倒を見るべきでしょう。明法家の私が言うんですから間違いありません。それに今この時に地獄の官吏が私らの前に現れるなんて、天の采配かもしれませんよ。命令書の怪異と関わりがあるのでは」

「命令書の怪異?」

「言ったでしょう。私らが来たのは職務ですって」

そういえばそんなことも言っていた。その後の騒ぎですっかり失念していた。

「某受領《ずりょう》の邸に夜な夜な化け物が現れるそうなんです。で、確認に行く必要があるんですけど、このお姫さん、同行させたらどうですかね」

「は?」

いったい何を言い出すのか、この男は。

見返すと、中主典がしれっとした顔をした。

「本人の申告通りなら、その逃げた亡者が寿命を終えたのが今月半ば、十五日。怪異が起こり出した時期と同じです。怪異の原因が逃げた亡者なら、どうやってかはわからないけどこの子が捕まえて地獄に連れ帰ってくれるんでしょ？　なら私らも捕縛の手間がはぶけるんですけど」

「部外者だぞ」

「そうはいいますけど、この子だって亡者探索のお役目があるじゃないですか。でも地理が不案内なままじゃ危なくて一人で外に出せないでしょ。かといってついて歩かせる女手もないし。判官殿、女人が嫌いで置いてないから、この邸、男ばかりでしょう。参議《さんぎ》にまで昇った御仁《ごじん》の娘を爺やさんならともかく、雑色たちに任せるわけにはいかないですよ」

邸の人員構成は部下にしっかりばれていた。そして爺は老いて足腰が弱っている。亡者探索のお供になど出すわけにはいかない。

「亡者を捕まえればこの子だって地獄に帰るっていうし、そうなれば井戸も開通するし。そもそもこの子を一人で置いといて勝手に出歩かれでもしたら、人さらいにさらわれて後味悪いことになるかもですよ。へたをすればうちの仕事が増えるし、それくらいなら仕事がてら一緒に連れていって、この子の目的が達成できるように協力してやるべきじゃないですかね」

さすがは明法家一族というべきか、すらすら立て板に水の主張は、着任して一年未満の冬継では口を挟む隙すらない。

「もちろんこれは建前。本音は部外者の同行を許して、人嫌い、女嫌いの上役の反応を楽しもうって腹なんですけどねー」

という内心が丸わかりの顔で中主典が笑っているのが気にくわないが、他に方法を思いつかない。

「……確かに。厄介ごとはさっさと動いて処理してしまうに限る、か」

面倒でも自分から飛び込んだほうが早い時もある。

それにこの小さな娘を長く放免たちの中に置くのもまずい。放免たちの目が完全に、雛《ひな》を見護《みまも》る親鳥のものになっている。このうえさらに愛着を持たせれば、この娘を地獄へ返す際に男泣きをされて暑苦しい。

（あくまで配下のためだ。決して私自身が、迷子の身のふり方が気になりだしたからではない）

冬継は決断した。

地獄から来た娘に要請する。

「と、いうことだ。同行してくれるか。代わりに道中、都の案内を行おう」

2

ゆったりとした歩調で都大路《みやこおおじ》を下り、五条《ごじょう》に向かう。

目指す邸は四条《しじょう》大路と五条大路の間、綾小路《あやのこうじ》の辺りにあるらしい。

乙葉は結局、怪異騒ぎの調査のため、検非違使の面々とくだんの邸に出向くことになった。

上役である藤判官が馬で行き、残りは徒歩《かち》で続く。

道中、藤判官から丁寧に通りの名を聞かされたが、乙葉は人界に不慣れだ。宇治《うじ》の土牢《つちろう》しか知らないので、地理がうまく頭に入ってこない。

(それに。歩きにくいというか、町の景色がよく見えないというか……)

乙葉は外出のためにかさばる裳《も》や領巾は取り、脱いだ袿を一枚、頭からかぶっている。被衣《かつぎ》という人界特有の女人装束だが、前がよく見えない。納蘇利の面をかぶって視界が狭いこともあり、何度も転びそうになる。

思いきって面を袂に入れ、袴裾《はかますそ》をくくると、見かねたのか藤判官に馬上へと抱え上げられた。

「あ、あの」

「急ぐ」

言って、藤判官が前を向く。乙葉は申し訳のなさと、慣れない人との距離に小さくなった。

人界の階位はよくわからない。が、彼が身分ある人だというのは、他の者たちの態度からもわかる。

(そんな方が、さっきはどうして井戸の中まで降りてくださったの……?)

先ほど、気絶した乙葉を井戸から連れ出してくれたのは、彼だった。

失神から覚めると、乙葉は知らない誰かの背に細帯で結わえられていたのだ。

ふわりと薫る香と衣越しに触れた広い背の感触に、異性に慣れない乙葉は息をのんだ。

しかも状況からして相手は慣れ親しんだ地獄の鬼ではなく、人界に住まう人だ。

そのことに頭の中が真っ白になった。

悲鳴をあげ身を離そうとして、そのせいで乙葉を負ぶった相手は体勢を崩したらしい。

井戸の壁にかけていた足を滑らせたのだ。

二人一緒に、がくん、と井戸の底へと落ちてしまう。

幸い彼の腰には命綱が結わえられていて、途中で止まることができた。が、宙づりだ。

この状況を招いたのは明らかに自分の不注意で、乙葉は叱責されるものと覚悟した。

が、彼は怒らなかった。

乙葉を打つことも、怒鳴りつけることもなく、ただ小さく言った。

「足場が悪い。おとなしくしていてもらえるとありがたい」

信じてくれ。必ず助ける、となだめるように言われて、乙葉はおとなしく従った。

〈人〉が怖いのは変わらない。が、暴れれば彼も傷つけてしまうと理解したからだ。

(後で、どうして井戸に入ってくれたのかを訊《たず》ねると、『他の者では体格がよすぎて井戸に詰まった。だから私が降りた』と、おっしゃっていたけれど……)

そっと被衣越しに、手綱を操る彼を見る。

改めて見ると、彼は公達《きんだち》の呼称にふさわしい、雅《みやび》な姿をしていた。

整った鼻梁《びりょう》に、すっと筆で描いたような切れ長の瞳。秀でた額にはらりと一筋、髪が落ちかかっているのが艶《なま》めかしい。端然とした美しい人だ。顔立ちだけでなく、背筋の伸びた肢体は凜々《りり》しく、風に揺れる柳の青葉のような清々しい品もある。ほっそりとして見えて、実際は引き締まった体をしているのは井戸で負ぶわれた時にわかった。

身分ある人なのに偉ぶらず、乙葉を助けてくれた。彼は人だが優しい方かもしれない。

そう思うのに表情が変わらない彼の顔に戸惑う。

(同じ人でも私が知る地獄の亡者なら、閻魔王様の前では嘘はつけない。地獄の刑場を巡れば表情を取り繕う余裕もなくなるから、表情と心が一致してわかりやすいのだけど)

だが、この人は心と表情が違う。よくわからない。わからないことが怖い。いつ怒らせてしまうかとびくびくしてしまう。

もともと乙葉は自分が人からどう思われているか不安で、相手の感情を読む異能を授かったのだ。

母の胎《はら》から産み落とされた時に抱いてもらえず、乳も含ませてもらえず。怖くて、心細くて、泣きながら赤子のよく見えない目で母を探し、声をあげて訴えた。

それでも応《いら》えがなくて、どうすれば手を伸ばしてもらえるかと、赤子の本能で心を澄ませた時に、この相手の心を感じ取る異能が発現した。

乙葉を馬上で支える藤判官の心は決して冷たくない。初めて異能を使った時に感じた実母の心とは違って。あの時に感じた激しい嫌悪と恐怖と比べれば、この人から伝わる心は春の陽差しのようで心地いい。だからかえって落ち着かない。

（なし崩し的に保護される形になったけれど、本当にこれでよかったの？）

心細い。

周りを知らない〈人〉に囲まれて逃げ場もなく、どこぞ知らない場所へ連行されている気分になった乙葉は困って眉を下げた。

それでも今の乙葉に他に道はない。

乙葉は身をすくめて小さくなりつつ、ゆっくりと馬に揺られて都大路を下っていった。

そうこうするうちにくだんの受領宅に着く。

この邸の主は前土佐守《さきのとさのかみ》というそうだ。

人界では名ではなく、侍名《さぶらいな》や通称で相手を呼ぶのが一般的らしい。そういえば藤判官もそうだ。皆が通称で呼んでいる。特に名前も教えてもらっていない。

「たのもうっ、邸の主に取り次いでもらいたい」

先導の放免が、門前で掃き掃除をしていた雑色に声をかけ、取り次ぎを頼む。

雑色は顔を上げたとたん、がたがたっと、すごい勢いで後退した。

「う、うわあ、なんだなんだ、襲撃かっ」

どうやらずらりと並んだ放免たちの強面《こわもて》に反応したらしい。

雑色の声を聞いて、邸の奥から屈強な男たちが現れる。

「お前ら夜盗か、押し入りか？　おいおい、ここをどなたのお邸と思ってんだ」

「いい度胸してるじゃねえか。この邸にゃ腕自慢がたくさんいるんだぜ。なめるなよ」

それに放免たちが元気に応える。

「んだとてめえ。昼から押し入る夜盗がいるかよ」

「寝言は寝てから言えや」

「はいはい、そこまで！　ったく、これだから喧嘩っ早い野郎どもは」

中主典が眼《がん》つけ合戦を始めた男たちの前に出た。懐から出した命令書を掲げて見せる。

「上意である！　このお方をどなたと心得る。藤氏北家の藤判官殿なるぞ！」

「は？　と、藤氏北家？　な、なんとこれは失礼いたしましたっ」

とたんに、態度を変えた男たちがひれ伏した。邸へと使いを出す。

藤判官が中主典にぼそりとつぶやいた。

「なるほど。普段は『下っ端仕事は現場に任せてください』と、すべてが終わった後にしか報告してこないそなたが、なぜ、調査の段階から私を呼びに来たかがよくわかった。察するにこの邸の主はそなたが毛嫌いしている身分を鼻にかけた人物か」

「ご明察。何しろここの主の一番の自慢が、左大臣家の家宰を務める某佐《すけ》殿と時候の挨拶を交わす仲だってことですから」

あーやだやだ、と中主典が肩をすくめた。

「訴状を出した時もすごかったですよ。いきなり邸に呼びつけて、『これは呪詛《じゅそ》だ！　誰かがわしの出世を妬んで足を引っ張ろうと呪いをかけたのだ！　なんとかしろ！』と、まあ、上から目線で」

その時、相手をしたのが中主典だったとかで、辟易《へきえき》した顔で教えてくれた。

「真っ赤な目を爛々《らんらん》と光らせた、牛のように大きい化け物が主を喰《く》い殺そうとするそうですよ。初日はなんとか難を逃れたので、懇意の僧に加持修法をしてもらったけど、よほど力が強い妖《あやか》しなのか、夜な夜な現れるのだとか」

「相手が妖しとわかっているなら陰《おん》陽《みよう》師《じ》を呼べばよかろう。なぜ、検非違使に訴え出る」

「私的に頼むと謝礼が発生するからだそうです。金はあるけど余剰はすべて賄賂に持ってくから足りないとかで。で、『馬鹿者。陰陽師を呼んでも呪詛返しをするだけではないか。呪詛した術士と黒幕を捕らえるのは検非違使の仕事だろう！』と主張されて。まあ、確かにその通りといえばその通りなんですけど」

中主典が呪詛祓《ばら》いは管轄外で、と答えを渋ると。

「下っ端では話にならん、別当殿に使いを出せっ。わざわざ検非違使に頼んだのはこういう時のために別当殿宅に付け届けをしているからだろうが。少しは役に立てっ」

前土佐守は声を荒らげて、脅してきたそうだ。

「で、仕方なく間をとって判官殿のところへ。うまく収めてもらおうかなーって。さすがにこんな現場のごたごた、別当殿のところへ持ち帰ったら『あほか。わしの仕事は、やれ、言うとこまでやろが。後は知らん。現場の裁量でなんとかせい』って叱られますからねえ」

それを聞いて乙葉は顔を引きつらせた。

（な。ひ、人って、怖い……）

すべて丸投げの上役もすごいが、公然と賄賂の見返りに便宜を要求する被害者もすごい。

そっと放免たちに聞いてみる。

「あの、人界の人たちとは皆さん、そんな感じなのですか?」

「それぞれかなあ。まあ、上つ方は他を人と思わないの、多いけど」

「検非違使やってるとよくあるんだよな。夜盗の被害に遭ったってお貴族様の聞き取りに行ったら、犯人の人相も人数も話さずに上から目線で『捕らえろ』とか言ったりさ」

「そうそう見栄張って老馬一頭奪われただけのとこを駿馬《しゅんめ》三頭とか申告したり。で、俺らに取り返してこいとか言うんだよ。ないものをどうやって取り返せって言うのやら」

「……そんな目先の虚栄心を満足させても、地獄へ落ちるだけですのに。嘘をついた人は大叫喚地獄で責め苦に遭いますよ。見栄のために何百年も苦役を受けるなど割に合わないのでは」

「ま、そんな先のことなんか考えてないから嘘をつくんでしょうね。身分に関係なく、人は今日を生きるのでせいいっぱいなんです。明日のことは明日考えます」

中主典が悟ったように言う。

「そんなわけで。腕力にものを言わすなら私らの出番ですけど、怪異は管轄外です。実物を見ないと陰陽寮に丸投げするか否かの判断もつかないから、夜を待ちますよ。どうせ賄賂上等の前土佐守殿のことですから、判官殿が来たからには仲よくなりたいって宴とか開いて引き留めようとしてくるでしょうし。よっ、さすがは御曹司」

「やはりそうなるか……」

酒宴の席は好きではないのか、藤判官から露骨に嫌そうな感情が流れてくる。

そこへ主直々によこしたらしいこの家の家宰がやってきた。

案の定というか、藤判官には供応の用意をした、放免たちにも夕餉《ゆうげ》は出すと言われた。

ただし、放免たちは寝殿には上げてもらえない。

これは身分上、普通のことだとか。

中主典は簀の子でよければ同席していいと言われたが、ひらひらと手をふって断った。

「貴人の相手は判官殿にお任せします。私らはお姫さんのお守も兼ねて、庭先で待機しますよ。ついでにちょっと聞き取りをしますから、軍資金を」

「無駄に使うなよ」

藤判官が懐から小さな袋を取り出した。ずしりと重そうな中身は金子《きんす》らしい。

目顔で問うと、中主典が片目をつむった。

「こういう邸じゃ従者として破落戸を飼ってることが多いんですよ。で、ああいう輩《やから》はいろんなとこに出入りして情報通でね。口を軽くするには一緒にお遊びをするのが一番ってことで」

藤判官が家宰に案内されていく。

残った中主典が、ぱんっ、と手を叩《たた》き、放免たちの注意を引くと指示を出した。

「じゃ、亡者の専門家が仲間に加わってくれたことだし、そっちに女子どもへの聞き取りは任せて、お前たちは邸の強面どもと賭け双六《すごろく》などの遊びをしながら仲よく夜まで待機、化け物とやらが出たらその相手をして、手に余るようなら改めて判官殿に上奏してもらい、別当殿を通して陰陽寮に依頼するってことで。それでいいな？」

放免たちは「うっす！」と納得して散開しているが、乙葉は戸惑う。

「……あの、つかぬことをお伺いしますが、私はどうすれば」

「あれ？　聞いてなかったんですか。化け物が出るまでここで待機って」

亡者の専門家があなたの他にいますか、と言われて、ひいい、と叫びそうになった。いつの間にか検非違使の調査体制に組み込まれている。

(聞き取りって、人が怖いのに無理っ)

そっと逃げようとした。

が、がしっと中主典に肩をつかまれる。ついでに、

「こんなのかぶれば警戒されるでしょうが。没収！」

と、納蘇利の面を取り上げられた。壁に、どんっ、と腕を突かれて追い詰められてしまう。助けを求めて何故か藤判官の姿を探してしまった。

中主典が虐《いじ》めっ子の表情で顔を近づけてくる。

「そもそもどこへ逃げようっていうんです。ここを出て一人で帰れるんで？　というか私

らといないと、今夜、泊まる場所すらないでしょ、あなた」

「そ、それは……」

「ここにいればとりあえず夕餉はもらえますよ。で、食事するならそれに値するだけの働きをしてください。それに女子どもへの聞き取りを放免たちにやらせろと？　門前でのさっきの騒ぎを忘れたと？　働かざる者食うべからずです。それとも保護されるだけ保護されて何も返さない、地獄の官吏はそんな恩知らずの怠け者ですか」

悔しいが言い返せない。

「と、いうことで、時を無駄にしないためにも仕事をお願いします。一人にしますけど、さすがに門内で迷子になることはないでしょう。何かあれば私たちを呼ぶこと。どこかに隠れて時を過ごすのはなしですよ。成果を持ち帰らなかったらお仕置きです。この面は返しませんから。いいですね」

そうして、上から目線で仕事を言いつけられてしまうと、断れないのが乙葉だ。

（確かに保護された以上は協力しないと）

それが逃げた亡者を追う早道でもあるし、中主典たちに解放、もしくは案内してもらわないと市中には出られない。そもそもここで聞き取りができなければ解放後も一人で亡者を追うなど無理だろう。

乙葉は覚悟を決めることにした。

前土佐守の邸は、表は華美だが裏に回ると寂れていた。というか、荒れている。垣根が破れていたり、壊れた調度の類がまとめておいてあったりする。

（……これって妖しが暴れた痕、とか？）

何か気配を感じないかと心を澄ませてみる。が、鬼ではない乙葉に妖しの残滓《ざんし》はたどれない。かといって亡者が相手でも、見ることはできても気配をたどれるわけでもない。これで逃げた亡者を見つけることなどできるのか。

小さくため息をつきつつ、急な客人のもてなしで忙しい厨近くに顔を出す。ここなら人が大勢いる。乙葉でも聞き取りができそうな相手を探しやすい。

すでに陽も陰りかけている。

赤く染まった夕陽が山端《やまのは》近くに下がるまでの長い時間をかけて、乙葉は自分でもなんとか話しかけられそうな、怖そうではない相手を物色した。

貴族の邸らしく調理や盛りつけは男の料理人が行っているようで、案外、女手は少ない。聞こえた彼らの雑談からすると、化け物騒ぎを恐れた邸の北の方が方違《かたたが》えと称して親類宅に泊まりに行き、女房たちもついていったらしい。

他にも宿下がりをした者が多くて、今の前土佐守の邸は大変な人手不足だそうだ。

そんな中、乙葉はせわしげに厨房《ちゆうぼう》と井戸端を行き来している女童《めのわらわ》を見つけた。乙葉とは歳も近そうで、体格も小柄であまり怖くなさそうだ。

下準備を頼まれたのだろう。彼女が井戸端にしゃがみ込み、芋の泥を落としはじめた。ちょうどいい。芋洗いなら地獄でよくやった。

乙葉は胸をどきどきさせながら近づいた。

「あ、あのっ、よければお手伝いをっ」

「は？　あんた、検非違使のお役人と一緒に来たお姫さんだろ。あっちに行ってくんない？」

声をかけたとたん、警戒された。

「そんな綺麗な衣でこんなとこにしゃがんだら汚れるだろ。それで怒られるのはわたしだし。お姫様の気まぐれで変なこと言わないでよ。手伝いったって、素人が加わったら教える手間が増えるだけ邪魔だから」

身も蓋もない。固まる乙葉を女童が白い目で見る。「目障り」「あっち行け」という心をひしひしと感じて、乙葉はふるえた。声かけの何を間違えたのか。

冷や汗をかいていると、誰かを探す、可愛《かわい》らしい声が聞こえてきた。

「波多《はた》ねえちゃん、どこ？」

十歳にも満たない男童《おわらべ》が、きょろきょろ顔を動かしながら邸のほうから歩いてくる。

愛らしい紐《ひも》飾りのついた水干《すいかん》姿なのを見ると、主一家の傍《そば》近くに仕える男童だろう。男童は、乙葉が話しかけた女童を見つけると、ほっとしたように駆け寄ってきた。

その手に平たい文箱《ふばこ》の蓋を掲げ持っている。

「ねえちゃん、どうしよう、これ見て」

差し出された蓋は内に白砂を引き、水を入れた、箱庭のような風情になっていた。岩を模した石の陰に小さな蟹《かに》が二匹いるのが見える。

「これ、お館様が明日、どこかのお姫様にご機嫌伺いにお持ちするっておっしゃってたんだけど、蟹が動かないの。死んじゃったのかな」

「ひっくり返ってないし、これだけじゃわかんないなあ。ちょっとつついてみたら」

「そんなことして死んじゃったら。もともと弱ってたから」

蓋を地面に置いて、男童がしくしくと泣き出す。

「どうしよう、世話をしろって言われたのに。叱られる」

「まったくもう、お館様もこんなの贈り物にするってむちゃだよ。こんな小さな蟹なんか贈ってもお邸の女房様がたに飼えるわけないだろ。無駄な殺生してかわいそうに。川蟹なんざ川にいるのを眺めるか捕って食うか、どっちかにしなってんだ」

言いつつも、この波多という女童は面倒見のいい子なのだろう。箱庭に入れる水はどこのを使った、餌には何をやったと聞いている。

が、一通り聞いても手立てを思いつかなかったらしい。二人して困ったように蓋を覗き込む。

気の毒になって、乙葉は声をかけた。

「大丈夫、まだ魂は離れてません。生きてます」

蟹の飼い方は知らない。が、生死の見分けならできる。

「お腹《なか》が空いて動けなくなっているのか、怖くてじっと動かずにいるだけか。とりあえず死んでいないし、死にかけてもいません。一晩、様子を見てみれば」

「ちょっ、あんた、適当なこと言って」

波多には顔をしかめられたが、男童はぱっと顔を輝かせて身を乗り出した。

「わかるの?」

「はい、亡者に関してなら」

「亡者ったって、これ、川蟹だよ?」

波多があきれた顔をする。

「人ならともかく、そこらの蟹や魚が死出の山を越えたりするわけないじゃないか」

それを聞いて、乙葉は、ああ、そうか、と思った。人は死を穢《けが》れと嫌うから、よく知らないのだ。

「人界の皆様には知られてないようですが、蟹や魚も死ねば亡者になって六道をめぐるんですよ」

乙葉は地獄の仕組みを説明した。

「死した魂はあの世に降りて、閻魔王様ら十王《じゆうおう》様方に順に裁かれます。そして七七日《なななぬか》、すなわち四十九日目に最後の裁きが下されて、地獄でどれだけの罰を受けるか、来世は何に生まれ変わるかを決められるんです」

亡者にとっては次の一生を左右する大問題だ。裁きは慎重に行われる。

「だからこの蟹たちだって今生では蟹の姿をしていても前世では人だったかもしれない。魂だってあるし、当然、死ねば亡者になるんです」

「……蟹も人もって、亡者ってそんなにたくさんいるものなの？」

「多いと言えば多いですね。今、ここにいる人や生き物は、すべて死ねば亡者になりますから」

それだけ多い魂の管理は大変だ。毎日、死して鬼籍に入る者だけでも莫大《ばくだい》な数で、手作業で名や所在を記していては、地獄の官吏がいくらいても追いつかない。書き間違いもできる。

なので天界にある人命帳や地獄にある鬼籍は、天帝の力でひとりでに情報が記されるようになっている。人命帳はその生き物が生まれた時に。鬼籍は寿命が尽きた時に、白かった項に名と宿星、死因などが書かれた字が浮き上がるようになっているのだ。

地獄の官吏は鬼籍を見て、亡者を裁き、管理する。

乙葉が逃げた亡者を追う手がかりにする情報も、この鬼籍に浮かび上がったものだ。

(どうしてそんなことを知っているのと、この子に聞かれたら困るけど)

幸い、男童は素直な性格だった。根拠の言えないお墨つきでも信じることにしたようだ。

「ありがとう、お姫様!」

姫様呼びはどうかと思うが、喜んでくれた。涙を拭った顔はとても愛らしい。

だが、困った。男童が喜ぶのとは逆に、隣にいる波多の機嫌が悪くなった。急に立ち上がる。

「そんなに蟹に詳しいなら、後はあんたがこの子の相手しとくれ、わたしは忙しいから」

「え」

「この子、夕餉もまだなんだ。それに化け物が出るようになってから怖くて一人で寝られない。今夜は北の方様もおられないから、もうご用で呼ばれることもないだろうし、あんた、わたしの手伝いしたいってんなら、この子をちゃんと食べさせて、眠れるように相手してやって」

それは困る。夜になれば化け物が出る。乙葉も立ち会わねばならない。

断ろうとした。

が、波多はすでに芋を入れた笊《ざる》を抱えて背を向けている。

「くれぐれも夜は母屋《おもや》のほうへは近づかないで。あっち、今、ぴりぴりしてるから、幸若《さちわか》みたいな小さな子が迷い込んだら叱られるから」

立ち去る背は厳しいまでに頑《かたく》なだ。

おかしい。そんなつもりはなかったが、結果として乙葉はこの幸若という男童の憂いを晴らした。なら、この子と仲がいい波多も喜んで、乙葉への警戒を緩めてくれそうなものだが。

異能でそっと探ってみるが、そんな気配はひとかけらも波多にはない。どちらかというと焦っている。一刻も早く、ここから遠ざからねばと念じているような。

「待って、波多さん」

よくわからない焦りから、乙葉は柄にもなく後を追おうとした。

が、袖を引かれて止まる。見ると幸若が乙葉の袖にすがりついていた。

「本当？　本当に寝るまで一緒にいてくれるの？　波多ねえちゃん、前はよく遊んでくれたけど、この頃は厨の下働きになったから忙しくて話もしてもらえないんだ」

心底、心細そうな顔をされた。そうなると乙葉も無下にはできない。

二人並んで厨からもらった夕餉をとりつつ話をすることになった。

といっても、幸若が一方的に話して、口下手の乙葉は聞き役に回っただけだが。

「波多ねえちゃんは僕と違って都の人じゃないんだよ。お館様が前のご任地で召し抱えた、犬飼いの養女なんだ」

幸若がいろいろ教えてくれる。波多は前土佐守の任期が終わり都に戻る時、養父についてこちらに来たらしい。都では前土佐守の邸で働く養父と雑舎《ぞうしゃ》で暮らしていたが、半月ほど前に養父が亡くなり、身寄りのなくなった波多は今まで通りこの邸で寝起きさせてもらう代わりに、厨の手伝いをすることになったのだとか。

（では、波多さんの心が頑なだったのは、お養父《とう》様のことがあったから？）

悲しみが癒えず、境遇の激変に心がついていっていないのだろうか。

「……人も生きていればいろいろあるのね」

乙葉はしみじみと言った。そうして人のことを知ったからだろうか。人も鬼も同じなんだなあ、と感じられてきた。幸若の弾《はじ》ける泡《あぶく》のような愛らしい声もあいまって、乙葉の心からも角が取れてくる。

そもそも鬼に囲まれて育った乙葉は、自分より小さな誰かに頼られたり、なつかれたりしたことがない。幸若に笑いかけられると、ふにゃりと心が蕩《とろ》けそうになってしまう。

（なんて愛らしいの。弟がいればこんな感じ？）

さらに心がほぐれて余裕も出て、乙葉は相づちを打ちつつ、幸若が指さし教えてくれる邸のあれこれを一緒に眺めることができるようになる。

そうなると、邸の裏手にあるこの場所は人目につかず、かつ、出入りの者たちを眺められる、実にいい情報収集の場だった。

　交代で休憩を取る邸の者が次々とやってきて、水や食べ物を求めてくる。

「大勢、人がいるのね」

「まあね。お邸はいつもお客が多いし。それに今って、あれが出るから。護衛の男たちもいっぱい集めてるから。宿下がりしてる人がいてもまだ人が多いんだ」

　食事の支度も大変で、それで波多も忙しいらしい。

「いっつも市で買うだけじゃなくて、庭に畑作って菜とか育ててるけど、それも追いつかなくて穫《と》り尽くす勢いだって、波多ねえちゃんも言ってたよ」

　言って、幸若の示す方を見ると立派な菜園がある。これを食べ尽くすとは相当だ。

　その時、乙葉は畑の向こうに、豚でも飼うような木で作った小屋があるのを見つけた。

「え？　人界では殺生はいけないとあまり肉は食べないのではなかった？」

　すべてが唐風の地獄では、豚も羊もよく食べる。が、人界で育った父は苦手にしていた。

　不思議に思って幸若に訊ねると、やはり肉など食べないと言う。

「ぶたってなに？」

　逆に聞かれた。

「では、あの小屋は？」

「今は何もいないよ。いつもはお館様が集めた珍しい生き物を囲ってるけど」

「家畜の小屋ではないのね」

「うん。お邸には牛車《ぎっしゃ》を引かせる牛とかお館様が乗る馬とかいるけど、あそこは別。お館様がご任地から連れ帰った選《え》りすぐりがいたんだ。綺麗な尾をした雉《きじ》とか、大きな犬とか。お館様はいろいろなものを集めて〈献上〉するんだよ。珍しいって喜ばれるんだって」

幸若が世話していた蟹もその一つらしい。

「……蟹って珍しいの？」

「貴族のお姫様ってあんまり外を歩かないから、見るだけで気晴らしになるんだって。風流っていうんだそうだよ」

「なるほど、そういうわけなのね。献上先の人が蟹の世話の仕方を知っていればいいね」

「うん！」

そんなふうに話しているうちに日も暮れた。まだ小さいのに一日働いた幸若は眠くなってきたらしい。目をこすりはじめたので寝間まで送っていき、寝つくまで手を握ってやる。人を怖がってばかりだったのに、こんなことができるようになった自分が自分で不思議だった。

やがて健やかな寝息が聞こえはじめて、乙葉は雑舎を出た。そろそろ中主典たちと合流しなくてはならない。

（聞き取り、できたかな）

思ったより大きなお邸で、前土佐守は吝嗇家《りんしょくか》だけど護衛の男たちを雇ったり献上品を用意したりするなど、使うべきところにはしっかり使う主であることはわかったが。

そこでふと、何かが心に引っかかった。その時だった。

悲鳴が聞こえた。

人が走り回り、弓を放つ騒々しい弦音《つるおと》までもが聞こえてくる。

「そっちだ、出たぞっ」

「囲めっ」

放免たちの声だ。

前土佐守がいる寝殿に、妖しが現れたのだ。


乙葉が駆けつけると、前庭はさんたんたる有様だった。

元は美しく均《なら》してあったであろう白砂の上に、いくつも置かれていたかがり火が倒れ、火のついた薪《まき》が散らばっている。そして大勢の男たちが走り回っていた。

「ああ、姫さん、ここにいたんだ」

「あんまり遅いから探しに行くとこだったんだぜ」

顔見知りになった放免たちが来てくれて、ほっとした。彼らから感じる、心配してたんだ、という嘘偽りのない温かな心が心地いい。

おかげで、乙葉も怖がらずに訊ねることができた。

「妖しが出たのですか?」

「ああ、あれだ」

「といっても、大きさはかなりほら吹いてたけど」

顎をしゃくって指された方向を見て、乙葉は目を丸くした。

(え、あれって……)

初めて〈妖し〉を見た乙葉は絶句した。

悲惨な血まみれの獣がそこにいた。

大きさは頭頂が乙葉の胸辺りまであるだろうか。四つ足の獣の形をしている。

それだけなら、乙葉も狼《おおかみ》か何かかと思っただろう。

が、その獣の全身は、真っ赤だった。

至るところの皮がめくれ、じっとりとした血が毛を濡《ぬ》らしている。体中、傷だらけだ。

脚も不自然に折れ曲がっている。あまりの痛ましさに息をのむ。でも。

(あれが、妖し……?)

放免たちは、あまりのひどい姿に、

「亡者じゃなかったんだな。獣の化け物だ」

「これなら危険だからお姫さん連れてくるんじゃなかったよ」

と言っているが。

なんでも夜になったので妖しの実物が見たいと、中主典がいったん護摩を焚《た》くのをやめて、結界の隙を作ってくれないかと僧と交渉していたそうだ。

「したら、いきなり護摩壇の綱が切れて、火を入れていた釜までひっくり返って」

床板に燃え移りそうになったのであわてて火を消そうと水を運んでいたら、ピュイッと指笛が聞こえて、それを合図にしたかのように、前土佐守が言った通りの、目を爛々と光らせた、血まみれの妖しが現れたそうだ。

「ただし、小さいだろ？」

「普通の犬猫よりゃ大きいけど、それでも最初に聞いた牛ほどじゃない。せいぜい仔牛《こうし》だ」

「で、これならなんとかなるかもって、俺たちで追いかけてたところだったんだ。護摩壇倒すわりに妖力もないらしくて、反撃してこないし」

言われて見ると、他の放免たちは弓や棒を手に立ち向かっている。

その時、放免たちとは違う涼やかな声がした。

「そこにいたか」

前土佐守を護っていたのだろう。寝殿の奥から抜き身の太刀を手にした藤判官が現れて、た。


　その物々しい様子に息をのむ。

　彼は階《きざはし》を前庭まで下りてくると、立ち尽くす乙葉を見て気遣うように太刀を鞘《さや》に収めた。

「すまない」

「あ、いえ」

　太刀が怖かったのではなく、物静かな雰囲気の彼が抜いていたことに驚いただけだ。

「あ、あの私も今は皆さんの一員です。太刀を持った人を怖がったりはしません」

　一生懸命、説明する。

「さすがは地獄の官吏殿だ。太刀や殺気立った放免を見ても怯えずにいてくれるとは」

　彼はほっとしたように言った。

「井戸から引き出した折には人に怯えて気を失ったので、この有様を見せてはどうなるかと思った」

　それは言わないでほしい。あの時はほぼ十年ぶりに人界に来て怯えきっていたのだ。

　今は少し慣れた。乙葉を心配して駆け寄ってくれた放免たちや、幸若のおかげだ。

　もしかして、中主典はこれを見越して乙葉を一人で聞き取りに出したのか。

　ならば、十四歳にもなって初めて行う、お使い、だ。大人たちの気遣いがありがたいのと共に、自分がいかに子どもな人界知らずかを思い知る。

つい情けない顔になると、藤判官がかすかに口の端をほころばせた。

「いや、悲鳴をあげないのは立派だ。助かる」

手を伸ばし、ぽん、と乙葉の頭に置く。

子ども扱いだ。なのにその手から温かな心が伝わって乙葉は目を丸くした。

彼が聞いた。

「見たか？」

「は、はい……」

〈妖し〉のことだ。

（でも、あれは）

戸惑う乙葉を袖で包むようにして、藤判官が再び階を上る。

「ではそちらはいい。後は放免たちが追うから、こちらを手伝ってくれ。そなたには僧の介護を頼みたいのだ」

今夜呼ばれた僧は前土佐守と藤判官が待機していた塗《ぬ》り籠《ご》めの前に護摩壇を築き、祈禱《きとう》していたそうだ。が、妖しの力か、壇木《だんもく》や護符をくべていた火釜がひっくり返ったらしい。

僧は炎を避けようとして高座から落ち、腰をひねってうめいているのだとか。

「間が悪いことに男たちは妖しを追っていて、女たちは宿下がりして邸にはいない。介抱する人手がないのだ。私がしてもよいのだが、前土佐守が怯えて離してくれなくてな」

彼が太刀を抜いていたのは、前土佐守に請われてのことらしい。塗り籠めに籠もった彼のもとにすぐ戻らなくてはならないそうだ。

「まったく。私自ら太刀を振るわねばならないようでは終わっている。もう少し放免たちの腕を信じてもらいたいのだが。とりあえずこの場はそなたに任せるしかない。火はあらかた消したが、他に燻《くすぶ》っている炭や灰がないか改めてほしい」

僧の介抱も重要だが、火の始末の方が急ぎだ、と藤判官が言う。

「僧や護摩の灰には触れられるか？」

「大丈夫です。地獄に籍があると言っても、私はただの人ですから」

僧の祈禱によって清められた邸に入ってもなんともなかった。大丈夫なのだと思う。鬼でなくてよかったと今だけは思いながら乙葉は僧の介抱をした。地獄の住人なのにこんなことをしてもいいのかなと首を傾《かし》げつつ、護摩の灰を集めて板の間を清める。

板の隙間から地面が見えるほど乾いた床板は本来、燃えやすい。が、幸い延焼はないようだ。

（どうやって護摩の炎を崩したの？）

力のある妖しだから崩した、と僧は言う。壇が崩れてから妖しが姿を現したと。

乙葉も先ほど見た。が、

（人が驚くのもわかる血まみれの姿だったけど、護摩壇を崩す力があるようには見えなか

った）
僧でも陰陽師でもない乙葉は呪詛や妖しについてそこまで詳しくない。
（でも、あれのことならわかる）
だって、あれは妖しなんかではない。亡者だから。

だから不思議でならない。

集めた灰を火桶に入れながら、改めて辺りを見てみる。護摩壇は寝殿造りの四角い殿舎の中、前庭に面した、南廂《みなみひさし》に築かれていた。

寺から運び込んだのだろう、漆塗りの見事な壇だ。

四角い台の四方に絹の壇線を張り、元は花や香なども供えてあったようだ。

地獄育ちの乙葉が初めて目にする人界の道具だ。だが、僧の念が込められ、そこらの亡者では近づけないだけの霊力を放っているのはわかる。

（現に皆、恐ろしがって近づいてこない）

暗く暮れた空を見る。地獄の空気を吸い、妖気の籠もった食物を口にして暮らす乙葉の目は変化して、宙を漂う亡者を視覚で捕らえるくらいならできるようになっている。

見上げた空には、人界を訪れた亡者の姿がいくつか見えた。

皆、この邸の周囲は素通りしている。

僧の読経や護摩の煙が苦手だから、無理には近づかないのだ。

彼らは別に地獄から逃げ出したわけでも、成仏できずに惑っているわけでもない。正規の資格で人界にいる、善良な亡者たちだ。

地獄の裁きはとにかく時間がかかる。そのうえ毎日裁きがあるわけでもない。

そのため、人界に残した遺族を見たいと、門番に頼んで夜の間だけ現世に戻る亡者もいる。

地獄の鬼もそこまで冷酷ではない。悪霊でもなく、逃亡の恐れのない亡者にはそれぐらいのお目こぼしはしてくれる。

（でも、それは普通の亡者に物に触れる力がないから。悪霊とは違い、人界に害を及ぼす心配がないから、戻してくれるのであって）

さっき見た〈妖し〉も、乙葉の目には普通の亡者に見えた。護摩壇を倒す力があるとは思えない。これは検非違使の皆に伝えるべきことだろうか。

（だけど、もう知ってらしたら）

管轄外だから、手に余るなら陰陽師に丸投げするとは言っていた。

（それはつまり自分たちで解決できるか否かの判断ができる知識があると言うことでしょう？　なのにこんな世間知らずの小娘が訳知り顔に当たり前のことを口にしたら、あきれ

られてしまうかも)

地獄育ちの乙葉は人界の皆が何を知っていて、何を知らないかを知らない。

こんな自分でも気遣ってくれる彼らの表情が変わるところなど見たくない。

地獄でも居場所のなかった自分を思い出しつつ、壇上を香油で清め、散らばった香炉などを片づけていると、こぼれた供物に紛れて髪が落ちているのを見つけた。

(長い。女人の髪……?)

この邸の女房が、宿下がり前に落としたものかと思った。が、変だ。端がちぎれたように縮れた髪は、何本かを結び合わせて長い紐のようになっていた。

それと、しなびた緑の葉の切れ端めいたものが落ちているのにも気がついた。

そこで思い出した。先ほどいた厨近くに、笊に入れて干してある菜がなかったか。それにこの髪が落ちていた位置と長さ。護摩壇の傍の灯台に火を点すついでに結びつけ、蔀戸《しとみど》の隙間から引っ張れるくらいの長さと強度がある。

蟹の様子がおかしいとなぜか厨の下働きの波多に聞きに来た幸若、雉や犬が入れられていたという空の囲い。この邸に来て見聞きしたことが脳裏をよぎる。

その時だった。

「すいやせん、逃げられましたっ」

「あの化け物、妖術とかかけてこなかったけど、その分、逃げ足は速くて」

放免たちが庭から声をかけてきた。

(逃げた？　それに妖術とかをかけてこなかった？　なら、やはりあれは)

眉根を寄せた乙葉を不審に思ったのか、塗り籠めの前に立っていた藤判官が声をかけてきた。

「どうした？」

「いえ、その……」

「気づいたことがあるなら報告を。手がかりになるかどうかは私たち検非違使が判断する。そなたはまだ聞き取りの成果を聞かせてくれていなかっただろう？」

気づいたこと、というよりただの思いつきだ。

だが、さっき頭に置かれた手の温かさを思い出す。それに無表情ながらも彼は穏やかに待ってくれている。それに勇気をもらって、乙葉は気力を振り絞った。つっかえながらも話す。判官殿は辛抱強く聞いてくれた。

「なるほど、な。試してみるか」

少し考えると、彼はかすかに微笑《ほほえ》んで言った。

「助かった。さすがは亡者の専門家だ。後は本職に任せてくれ」

3

翌日の夕刻のことだった。

前土佐守の邸は物々しい雰囲気に包まれていた。武装した放免たちや前土佐守の従者がかがり火を焚き、寝殿前の白州《しらす》に陣取っている。屋内では新たに築かれた護摩壇の前で、今夜こそは隙を見せまいと不眠不休で経を唱える僧の姿があった。

その時だった。傍らに置かれた燭台《しょくだい》が、かすかに揺れた。

はっとして顔を上げた僧を襲うように、油を湛えた鉢が転げ落ち、音を立てて燭台が倒れる。

「うわっ、火がっ」

僧があわてて衣の袖をふり、床に広がった炎を消そうとする。

「誰か、誰かっ」

付き従っていた侍僧や稚児も立ち上がり、水を求めて右往左往する。護摩壇に並べられていた供物や花がかけられた水に倒れ、ぶつかり、ぐちゃぐちゃになる。

同時に、床下から騒ぐ声がした。

「き、ぎゃっ、な、何すんだよっ」

そしてその放免たちの手で取り押さえられていたのは、厨の下働きをしていた波多だった。

放免たちだ。

騒ぐ声と共に高い木組みの床下から前庭へと蜘蛛《くも》の巣まみれの男たちが転がり出てくる。

「神妙にしやがれっ」

「よし、捕まえた！」


悔しそうに歯を食いしばる波多の手から長い板きれを奪い取り、放免たちが言った。

「判官殿の言われたとおり、隠れて見張ってたら現れました」

「この薄い板切れを床板の間に差し込んで、燭台を倒したんでさ。俺たちが証人っす」

声を聞いて、母屋の奥から藤判官が現れる。

放免たちから板を受け取ると、冷たくさえ見える顔で波多を見下ろした。

「なるほど。昨日もこうして前もって作ったしかけを引き、火桶をひっくり返したわけか。

毎夜、祈禱の妨害をして亡者を招き入れているのなら、今夜も行うだろう。待ち伏せすれ
ばいいと思って待っていたが、やはり来たな」

淡々と言う。波多が顔を上げ、藤判官を、ぎっ、とにらみつけた。

「調べはついている。邸の者から聞き出した中に、この邸では犬を飼っていたという話が
あった。なんでも前の任地から献上用に連れ帰った見事な闘犬の群れで、専門の犬飼いま

でいたと。だが、邸内で事故があり、傷を負い、贈るに適さない犬ができた。仕方なく他の犬と共に置いていたが、犬飼いはある日、その犬の傷の責をとらされて仕置きを受け、その傷が元で死んだとか」

ちょうど同じ日に隣家の門番が、筵《むしろ》をかけた荷車で犬らしい骸《むくろ》を運び出すのを見た。

この邸ではそれ以前からよく腹を減らしているらしき犬の悲しそうに鳴く声がしたそうだ。それを殴打する音や声もして、かわいそうで聞いていられなかったという。

そこまでわかれば答えは一つだ。

「毎夜、訪れる化け物はここで飼われ、傷を負ったせいでよそに贈るわけにいかず、殺された犬の亡者だ。そしてそなたは養父の死を遺恨とし、犬の亡者が現れたのをいいことに、邸に引き込み前土佐守を脅した。そうだな?」

藤判官が問う。

波多の目が険しくなる。射殺さんばかりの憎悪の念は、その問いが正しいと何よりも雄弁に語っていた。

「悪いかよっ、だって、ひどいのはわたしや次郎丸《じろうまる》じゃない、前土佐守だっ」

取り押さえられた波多が叫び、もがく。

暴れる波多を落ち着けるため、目顔で乙葉が呼ばれた。乙葉は波多の傍らに膝をついて訊ねる。

「……なら、どうか教えてください。何があったのかを」

なぜ、波多がこんなことをしたか。そして、なぜ、あの犬の亡者が地獄へ降りず、毎夜この邸にやってくるのか。今、自分たちにあるのは推測だけだ。彼女の口から聞きたい。でないとこのままでは波多が罰を受ける。彼女が悪者になってしまう。

「毎夜現れる犬の亡者は、次郎丸、というのですね？　この邸で飼われていた犬で間違いありませんね？」

言うと、はっ、と、波多が吐き捨てるように笑った。

「飼われてた？　ほったらかしにしてろくに餌も与えず、主の憂さ晴らしに前庭まで引き出されては棒で殴る蹴るされるのでも、飼ってるって言えるならね！」

あの亡者となった犬の名は次郎丸。前土佐守が任地から連れ戻った犬の一匹だと、波多は認めた。

「他の兄弟犬たちと一緒に、わたしの養父《とう》さんが世話してたんだ。だけど都に着いた時、次郎丸に傷がついちまって」

前土佐守が貴顕を招き、集めた他の獣と一緒に披露した時のことだ。虻《あぶ》に刺された馬が驚いて暴れた。前土佐守が蹴られそうになり、それをかばって受けた傷だそうだ。

「傷物の犬を献上できないって、そのまま邸につないでたんだ。でも普通の犬より大きいし、餌を食うから持て余してて。そのうち養父さんに傷を負ったのはお前の管理不行き届きだって難癖つけはじめて。それでも養父さんは我慢してたんだ。けど、あの夜、呼び出されて。しばらくしたら邸が騒がしくなって、養父さんは主に反抗して打たれた、逃げようとして暴れて死んだって聞かされて。戻ってこなかった」

邸で死なれては穢れるからと遺体はすぐに鳥辺野《とりべの》に捨てられた。波多は養父の死に顔すら見られなかったそうだ。

「次郎丸もずっと虐められてたんだ。でもあの子は優しい子だから。悲しそうに鳴くだけで全然、反撃しなくて。私のいるとこからじゃ姿は見えなかったけど、養父さんが死んだのと同じ夜、悲鳴みたいな声が聞こえたのを最後に、鳴き声が聞こえなくなって」

命を落とした、のか。

「養父さんは亡者になって戻ってこなかった。けど、次郎丸は戻ってきた。きっと養父さんの仇《かたき》を討つためだ。だってあの子は養父さんが我が子みたいに育てたんだ。犬飼いに犬は家族だから。それをっ。あんたらが検非違使だって言うなら、前土佐守のほうこそ捕まえてくれよっ」

犯人が捕まったと聞いて簀の子まで出てきた前土佐守の顔色は明らかに変わっていた。

藤判官が聞く。

「この娘の言うことは真《まこと》か、前土佐守殿。ならば今回の騒動はあなたが原因だが」

「し、知らん、そんな犬のこと、初めて聞いた。だいたい虐めた犬なら帰ってくるか？

これ幸いとどこぞへ行くだろう！」

「……養父さんはお館様に渡す時、犬たちに言い聞かせたんだ。これからはこの人が主だ、言うことを聞けって。お前たちの家はここだ、どこかで迷っても必ずここに帰って、主を護れって。それでだと思う。ここに毎晩、帰ってくるのは。あの子、素直だったから」

次郎丸は己を育ててくれた犬飼いの言葉を守っているだけなのだ。

邸の主である前土佐守はまだ認めない。が、怪異の真相は、犬が死に、その魂が飼い主のところに帰ってきたというもの。黒幕も術士もいない。呪詛などではなかった。

そして〈化け物〉の正体がわかった以上、ここには腰を痛めているとはいえ僧もいる。前土佐守のすることは一つだろう。

（調伏、だ）

前土佐守は頑なに次郎丸のことを認めない。いまだに「知らん、知らん」と言っている。次郎丸が妖しではなく亡者で調伏ができると知れば、即、僧に「やれ」と命じるだろう。

乙葉はあわてて隣にいる中主典や放免たちの袖を引いた。

「調伏だけは、どうか。あの子は死んだばかりで地獄へ行かねばならないことに気づいていないだけ。なら、自覚させれば自然と地獄へ向かいます。私、あの子を調伏されたくありません。そんなことをすれば輪廻《りんね》の輪に戻ることもできなくなる……！」

必死に言う。

皆、しんみりした顔になった。

「あんなでかいなりして、あの犬、逃げるばっかりだったよな」

「ああ。全然、刃向かってこなかった」

「あいつが地獄に行かずに邸に戻ってくるのは〈ご主人様〉に暇《いとま》をもらってないからってことだよな。つまり、この場を収める……怪異が起こらないようにするには、前土佐守に、逝っていい、と言わせればいいのか」

「あの強欲受領が素直に言うか？　次郎丸にあの世に逝けって言うには、先《ま》ず、前土佐守にあの犬を飼ってたこと認めさせなきゃいけないんだろ？　認めないだろ」

「だな。現に往生際悪くまだ知らんって言ってるし。認めりゃ犬飼いごと虐めて死なせたのがばれる。さすがに外聞が悪い」

「それどころか吝嗇家の受領のことだから、手駒にできる亡者が手に入るって嬉々《きき》としてこき使いそうだぜ。自分に危害を加えないなら無理に祓う必要ないし」

その通りだ。うーんと皆がうなり、考え込む。

その時、また悲鳴が聞こえた。

夜が来て、次郎丸が現れたのだ。

「で、出たぞっ」

「くそっ、弓を射かけろ、護摩の灰を撒《ま》けっ」

前土佐守邸の男たちが色めく。藤判官が命じた。

「追うなっ」

放免たちに言って、従者たちの動きを止めさせる。

誰にも追い回されないからだろう。安心したように、次郎丸は前庭へと入ってきた。くうん、と主を慕うように鳴きながら、それでいて痛みをこらえるように息も絶え絶えに寝殿を目指す姿は見ていられない。

次郎丸がゆっくり、ゆっくりと、ようやくのことで階の下まで来た。

かがり火で照らされたその姿を見て、皆が息をのんだ。

改めて見ると無残だった。毛皮はやぶれ、あちこちに血がこびりついている。首など太刀で斬られでもしたのか、皮一枚でつながっている有様だ。

「ひでえ。無抵抗の犬によくここまでできるぜ……」

皆が白い目を前土佐守に向ける。さすがの前土佐守も真っ青だ。

「は、いい気味だ、存分に怖がらせて、恨みを晴らせばいい」

波多が嬉々として叫ぶ。

「やっと次郎丸は復讐できたんだ。だって、この邸に来て何もいいことなかった！」

本当に次郎丸はそう思っているのだろうか。乙葉は思った。その時だった。

「……次郎丸は本当にそう思っていると思うか」

藤判官が言って、乙葉は思わず彼の顔を見上げた。

「よく見よ。怖がられ、悲しそうな顔をしていないか」

藤判官が波多に諭すように言う。

異能を持つ乙葉も犬の心までは感じ取れない。が、次郎丸が藤判官の言う通り、悲しい顔をしているのはわかる。それは乙葉が亡者を怖がらずに見ることができるから。でも亡者にはなじみがないはずの藤判官に、どうして次郎丸の表情がわかるのだろう。

身分ある人なのに、藤判官からは次郎丸への哀れみと、なぜか共感の念が漂ってくる。

「あれは飼い主に尾を振り、帰ってきたことを褒めて、と言っている犬のものではないか。そして、同時に歓迎されていないのを察して、怯え、身を縮めているものだ」

藤判官が言う。それは乙葉にも察せられた。とても苦しそうだ。

いや、悲しいのか。やっとの思いで帰ってきたのに誰も喜んでくれない。温かく迎えるどころか悲鳴をあげて避ける。矢を射かけ、槍《やり》を持って追いかけ回す。普通なら前土佐守が言う通り、これ幸いと地獄へ行くだろう。

（でも、夜な夜な次郎丸は帰ってきた）

もしかしたら今夜はご主人様の虫の居所が悪かっただけかもしれない。そんなところへ帰った僕が悪かったから怒られてしまったのかもしれない。

明日なら、いや、明後日《あさって》なら、もしかしたら、よく戻ったと褒めてくれるかもしれない。

そう信じて。

次郎丸のつぶらな瞳が言っている。

『ここにいろって、いわれたから』

その真っすぐさに涙が出そうになった。あまりにいじらしすぎる。

「た、確かに飼っていたさ。だがこいつは勝手に拾い食いして腹を壊して死んだんだ」

さすがに居心地が悪くなったのか、前土佐守が次郎丸の主であることを認めた。が、あくまで自分のやったことは認めない。逆に、鼻をふんと鳴らして胸を張る。

「邸で死なれたわしのほうこそ迷惑だ。路に放り出すのではなく、鳥辺野へわざわざ運んでやったのを感謝してもらいたいくらいだな。その傷だって、鳥辺野で烏《からす》か獣にやられたんだろう」

違う。亡者は死した時の姿で現れる。この傷は生前に負ったものだ。

あまりの厚顔ぶりに乙葉はかっとなった。

誰も味方がなくて、耐えるしかなくて。必死に主の顔色をうかがって。そして死んでしまった。いや、死後にまで真実を伏せられ、塵芥《ちりあくた》のように扱われている。

こんなの、報われない。

昔の自分が重なった。乙葉は思わず前土佐守の前に出た。そして言う。

「……私は、〈死に戻り〉です」

死に戻りは人界では忌まれる存在だ。それに感情を読まれて不快に思わない人はいない。だが黙っていられなかった。

「死に戻りは天の恩寵《おんちょう》で〈異能〉を一つ賜ります。現世に戻ったその者が最も必要とする力を。私の異能は、人の心を感じ取ること。だからあなたの言葉が嘘か真かはわかります。あなたは、嘘をついています」

乙葉は亡者に関してだけでなく、死因についても本職だ。亡者は死んだ時の姿で地獄に落ちる。各王の裁きに同席すれば亡者の死因が読み上げられる。自然と死に至る傷に見慣れる。その上で言う。太郎丸の傷には赤い血がこびりついている。

「この首の傷、これは生きている間に切られたものです。生き物は生きている間は誰でも心の臓から新たな血が送られます。が、死ねば心臓は止まる。当たり前ですが血は送り出されない。だから死後の傷は断面に血が出ないんです。それに毛皮でよくわかりませんが、ここ。鬱血して痣《あざ》ができているでしょう？」

見てください、と乙葉は犬を招いてかがり火に近づける。

「これも生前につけられた傷です。死ねば打たれても痣もできません。それがこんなに。次郎丸を殺したのは、あなたです。せめて悔い、次郎丸に暇を与えてください」

「知らん、知らん、だいたい自分の犬をどうしようとわしの勝手だろうがっ」

前土佐守が開き直ったように言う。

「なんだ、痣くらい。躾《しつけ》のなっていない犬を叱責して、ちょっと叩くくらい誰でもやるだろう。それでいちいち殺したなどと言われては何もできんわい」

乙葉は息をのんだ。痣くらい、ちょっと叩いたくらいで。

違う。そういう問題ではない。殴られれば痛い。皮の下で肉が切れ、じわじわ血が流れ出すのが痣だ。外傷がなくとも生き物は血が流れすぎれば死ぬ。何より、打たれれば心が痛むのだ。慕う相手に心ない言葉をぶつけられながらの打撃は特に。

だが前土佐守はたかが小娘の言うことと思っているのが丸わかりの、平気な顔をしている。

(私に鬼の貫禄があれば……!)

少しは怯えて耳を貸してもらえるのに。悔しい。歯を食いしばる乙葉を見て、藤判官が口を開いた。

「……その犬が死んだ、いや、殺されたのはいつのことだ?」

前土佐守に訊ねる。さすがの前土佐守も相手が藤判官では無視できない。神妙に向き直る。それに向かって、藤判官がいつもの淡々とした口調で言った。

「養老令《ようろうりょう》の雑令《ぞうりょう》に家畜や犬に関する令がある。狂犬があれば、殺すのを許可すると。犬を虐め殺したのだと訴える者がいても、人に害を与えた狂犬だから殺したのだと主張されれば、貴族家内のこと、検非違使も手出しはできない」

「……！　さすがは藤判官殿だ。小娘と違い、話がわかる！」

藤判官の言葉に、言い抜けできると安堵したのか、前土佐守が指折り逆算する。

「確か、今月の十五の日でしたな」

「なるほど、十五日か。私の配下が聞き取った隣家の証言も、犬の声が聞こえなくなり骸が運び出されたのはその日だと言っている。間違いはないな？」

確認されて、前土佐守がうなずく。それを見ながら、藤判官が言った。

「確かに、国司《こくし》まで務めた貴族家内の騒ぎには主の許可がない限り検非違使でも踏み込めない。が、律令には月六斎《つきろくさい》条がある。月の六斎の日には、殺生を禁じる令だ」

あ、と中主典が小さく声をあげた。前土佐守もひるむ。

「そなた、昨夜、酒宴の席で次の除目では大国の国司任官を志していると話したな。私から帝に話してはくれまいかと。同じく律令の応選《おうせん》条には、国司選任にあたっては徳行のある者を優先することとある。飼い犬に無体を働き、六斎の日に殺生を犯した。しかもそれを認めず犬霊が冥府へ赴くことを阻害するなど、徳のある者のすることとは思えないが」

だが、私も鬼ではない、と藤判官が続けた。

「そなたが検非違使へ出した訴状を取り下げ、今この場で次郎丸に暇を言い渡すのであれば、気づかなかったことにしてもよい」

　取り引きめいたことを持ちかける藤判官に、乙葉は目を丸くした。

　藤判官が小さく言う。

「情や良識に訴えたところで、もともとそれらのない者には響かない。ならばわかりやすく利害をもって糺《ただ》せばいい。今、私たちが最もこの男から引き出したい言葉は、次郎丸に暇を告げる言葉だろう？」

　そこへ火の玉たちもやってきた。

『ようやく復活したぜ』

『大丈夫か、乙葉！』

『井戸のところにいないから探したぞ』

　いいところに！　最後の一撃が欲しかった！

　乙葉は火の玉たちに頼んだ。

「お願い、私をおどろおどろしく照らして！」

　効果は抜群だった。

　時は夜。屋内の燭台は倒され、外のかがり火が怪しい陰影を辺りに投げかける中、火の玉たちに照らし出された乙葉は、まさに地獄から来た閻魔王の代弁者めいて見えた。

「わ、わかった、言えばいいのだろうっ。わしが悪かったたっ」

さすがの前土佐守も恐怖のあまり罪を認めた。次郎丸に命じる。

「お前はもうわしの犬なんかじゃない、どこへなりとも行ってしまえっ」

次郎丸は〈主〉に駆け寄ろうとしていた脚を止めた。小首を傾げ、悲しそうな顔をする。

「どうしたらいいの」と言うように周りを見る。

その目が、育て主であった男の養女である波多を見つけた。ぱっと喜色に輝く。

波多は次郎丸の主ではない。ここにいろ、と命じた犬飼いでもない。

だが主家の人で、自分の死後も唯一、心を配ってくれた人だ。家内の序列があろうと主家の一員だと次郎丸は理解している。だから指示を待っている。その場に座り込み、尾を振りながら波多を無心に見上げる。

「……む、無理」

波多が顔を歪《ゆが》めた。泣きそうな顔で、ごめん、と謝る。

「わたしのせいで毎夜、悲しい思いをさせたんだ。どんな顔で前に立てばいい」

「……でもあなたは手放す決意をなさるでしょう？　ご自分が一人になるのに」

乙葉は言った。

「逝っていいんだよ、と言ってあげてください。次郎丸のために。向こうに逝けばもう虐められない。裁きを下す十王様方は見てくださっています。この辛《つら》い現世の幸も不幸も公平に」

犬でも死ねば十王の裁きがある。命を賭して主の命を守った犬だ。きっと汲み取ってもらえる。

頑張って生きてよかった。正しい選択をしてよかった。そう思えるようにあるのが、地獄の裁きなのだから。

「じゃあ、いいや。お逝き、次郎丸」

波多が言った。

「幸せになるんだよ。お前ならきっと極楽に行ける。ううん、もし地獄に落ちることになっても、少なくともここよりはましだから」

自分はまだとどまらなくてはならない。この辛い現世に。だけど、

「お前はもうお役目を終えたんだ、自由になっていいんだよ。だから幸せに」

波多が言う。次郎丸が輪廻《りんね》転生の渦から外れて惑わないように、涙を流しながらその首を抱く。別れを告げる。

波多の心は次郎丸にも伝わったのだろう。小首を傾げて波多を見ると、顔を近づけた。

ぺろり、と。

波多の頰を一なめして、微笑むように尾を振ると、次郎丸はふわりと宙へと浮き上がった。暗い夜空に飲み込まれるように、その姿を消す。逝ったのだ。

「……大丈夫。亡者となった者は自然と逝くべき道が見えますから」

乙葉が言うと、波多が地に顔を伏せ、泣き崩れた。次郎丸、次郎丸、と、名を連呼する。彼女は本当に一人ぼっちになってしまったのだ。

それを見て、腰を抜かしていた前土佐守がわめいた。

「波多、お前は首だ、引き取ってやった恩を仇《あだ》で返しおって。検非違使に突き出さないだけでも感謝しろ、出ていけ！」

「は、こんなところ、こっちこそ願い下げだ。出ていってやるよ」

完全な八つ当たりだ。が、覚悟はつけていたのだろう。きゅっと唇を噛み締め、立ち上がった波多がいたいけだ。

放免たちが義憤に駆られた声を出す。

「悪いのは前土佐守じゃねえか。波多は主を慕う亡者の手助けをしただけだろ」

「なのにこんな小さい子を放り出すなんて何考えてんだ」

他人ごととは思えず、乙葉もはらはらしてしまう。

幼い少女が誰にも頼らず生きていけるほど人界は甘くないだろう。知る人がいる故郷に帰ろうにも一人で旅をするなど無理だ。

だが助けたくとも、乙葉自身、この都に寄る辺のない身の上だ。

「……そういえば。父の邸で欠員が出たと爺が言っていた」

ぴんと緊張した空気を払うように、淡々とした藤判官の声がした。

「この女童は私が預かろう。父は別に聖人ではないが、さすがにここの主よりはましだ。幼い者に無体な真似《まね》はしない」

藤判官から感じられる心が優しくて、いつも通りの表情のない顔も頼もしげに見えた。

「やった！　さすが藤判官殿！」

「これで前土佐守も完全にぎゃふんと言わせられたし大団円だ！」

歓声をあげる放免たちや、顔をくしゃくしゃにして泣き出した波多の顔が眩《まぶ》しくて、生きた〈人〉も捨てたものじゃないと思えた。

（無事、地獄に帰れたら波多さんの養父様を探してみよう）

乙葉は思った。

彼が地獄のどの層にいるのかはわからない。

が、それでも探して、彼が死した後も気にしているだろう養女の無事を伝えようと思った。


安心したら力が抜けた。

ただでさえ慣れない人界で、人を相手に啖呵《たんか》を切るなど、乙葉にしては大冒険をしたのだ。気疲れが出たのだろう。事件も終わった。帰らなくてはならないのに、へたへたと膝が崩れて立ち上がれない。

困っていると、藤判官が抱き上げてくれた。

「あ、あの」

「このほうが早い」

言われて、すたすたとそのまま馬の前まで連れていかれる。

再び鞍上《あんじよう》まで抱え上げられ、同乗した彼に背後から支えられた。

またまたお荷物、連行体勢だ。が、行きのような不安は感じなかった。井戸で負ぶわれた時のような恐怖もない。ただ、恥ずかしくて、乙葉は真っ赤になってうつむいた。

放免たちが目を丸くする。

「うおっ、あの『わかった』『任せた』しか言わない判官殿が!?」

「人を、しかも娘っこを気遣ってる？　明日は雪か、嵐か！」

「……どういう意味だ」

藤判官が表情を変えないまま冷ややかに不満の念を放出しているが、中主典はじめ検非違使の他の面々はにやにやと笑い出す。そして、

「よおし、事件も解決したことだし、ぱあっといくぞ！」

「打ち上げだ！　判官殿のお邸で！」

なぜか宴《うたげ》の流れになった。

しかもいつの間にか乙葉もその中に組み込まれている。

あまりに自然で、自分でも気づいて驚いた。

皆にもみくちゃにされながら藤判官宅の廂の間を使った酒宴の席に連れ込まれて、乙葉は目を白黒させる。中主典が説明してくれた。

「放免たちは判官殿に雇われた形になってますから、一仕事終わると労う必要があるんですよ。何しろ検非違使職につく条件の一つが富裕なことってくらいで。で、判官殿って面倒臭がりだから。宴を開くのはいいけど、いちいち身分の上下をしっかりさせた席を決めるの、最初から放棄してて。こんな無礼講になるんですよ」

貴族にしては珍しいことだそうだ。さすがに藤判官は皆から離れた高欄近くに一人で座しているが。次郎丸の心を波多に語っていた時にも思ったが、身分ある〈強者〉の立場にあるのに、〈弱者〉の心がわかるなんて、不思議な人だ。

爺の指図で厨から次々と酒と料理が運ばれてくる。給仕の従者たちも忙しそうだ。

こうなるといつもの癖だ。乙葉は落ち着かず、立ち上がって器を並べるのを手伝ううちに、厨と寝殿を往復して酒や肴《さかな》を運ぶようになっていた。

自分では飲まなくても、注《つ》いだ酒を杯で受ける放免たちの心が温かな歓迎の念で満ちていて、乙葉まで楽しくなってくる。

「ありがとー、お姫さん。爺やさんに注いでもらうのもいいんだけどさ、横で腰をかがめられたらいつぎっくり腰でいっちまうかわからなくてはらはらするんだよなー」

「爺やさんって、俺らが判官殿を引っ張り出したら戻るまで徹夜で待ってるから。怖いのなんの」

「早めに解決してよかったよな。あー、でもこれで明日からは報告書地獄かあ」

放免たちに交じった書記官役の府生《ふしょう》が一人、嘆いている。

「字書ける奴《やつ》が少ないからさ、俺がまとめてやらなきゃいけないんだ」

「……あの、よろしければお手伝いしましょうか？」

あまりに暗い顔をしているので、乙葉は思わず声をかけた。

「姫さんが？」

「その、私、恥ずかしながら地獄では裏方専門でしたので」

何しろ乙葉は痩せっぽちで力がない。備品の管理仕事の中でも事務に回されていた。

「そっかあ、地獄でも事務仕事あるんだ」

「それは閻魔庁もお役所ですから。火炎地獄の薪を一束購入するだけでも煩雑な手続きが必要なんです」

「なるほどなあ。十二単でどうやって勤務してるんだって思ってたけど、事務方か」

「あの、あれは別にお洒落《しゃれ》をしているわけでは。閻魔庁を訪れる亡者や、目上の方々への敬意を示すための正装なだけです。人界でも宮中の女房方は十二単だと聞きますし」

「そういやそうだな」

「それにあの衣装には閻魔王様の霊力が込められているんです。私はただの人ですから、恥ずかしながらあれがないと満足に地獄に紛れ込んだ悪霊を見つけることができなくて。普通の亡者なら衣装がなくても見えるんですけど。あ、ちなみに普通の人でも布に触れると人外のモノが見られますよ」

「へー、どれどれ」

試しにと乙葉が持ってきた領巾をつかんだ放免たちが邸を見て、「見るんじゃなかった」と青い顔をする。荒れ邸だっただけあって、この邸は人界への一時帰宅中の滞在用に利用している亡者が多い。

「判官殿、よくこんなとこで暮らせるよな」

「てか、よく買ったな。近所でも有名な荒れ邸だったのに。見た目、雅なお坊ちゃまのくせに肝が太いっていうか」

「いや、俺の聞いたところだと、そんな荒れ邸なら静かでいいだろうと、わざわざ選んだらしいぜ」

「それであの地獄につながる井戸がついてきたってことか」

「当たりを引いたのか、外れを引いたのか。上の人の考えることってわかんねえ」

ぼそぼそ話している放免たちをよそに、藤判官は一人で杯を開けていた。その白い面に一切の酔いはない。

「でも、ま、たぶん、優しい人なんだよ。さっきの事件見て思った。亡者とかも頭ごなしに嫌ったりしない人なんだよ。顔に出ないだけで」

そうですね、と、乙葉も心からうなずいた。

「判官殿は、お優しい方だと思います。私もやっとわかりました」

感情が表情に出なくても、藤判官は立派な人だ。

「こちらの方はよい方ばかりで。私、実を言うと人は怖いと思っていました。ですが皆様とお会いしたおかげで、頑張る勇気が湧いてきました。ありがとうございます」

ほっとした、と素直に言うと、放免たちが妙な顔をした。皆、明後日の方を向いてしまう。首を傾げると、中主典がぷっと吹き出した。

「こいつら、照れてるんですよ」

「え?」

「何しろこんな見てくれだから、人にそんなこと言われたことなくって」

「こんな見てくれってひどいっす」

「俺らにだって心はあるんですぜ」

苦情を言う放免たちをまあまあとなだめて、中主典が乙葉に言った。

「優しい人だと思うなら、判官殿のところにもこの高杯《たかつき》持っていってくださいよ」

「え、でも」

「一人で寂しそうだけど、私らは部下で身分も違いますし、さすがに打ち解けての酒の相手はできませんからね」

それを聞いた放免たちが、ちょっと待て、とあわてる。

「このおどおど姫と必要以上は話さない氷の判官殿じゃ会話が成り立たないでしょう」

「ばーか、だから面白いんじゃないか。どっちが先に口を開くか、賭けようぜ」

『なっ、貴様ら何を考えているっ』

『小野篁殿の姫を酒の肴の賭けに使うなど、正気か⁉』

『不届きなっ』

乙葉の隣で手元を照らしてくれていた火の玉たちが、かっと火勢を上げる。

火の玉たちが乙葉の護衛だという自己紹介は済んでいる。存在を主張しても今さら放免たちも怖がらない。

「まあ、まあ、そう言わずに」

「無礼講なんだ、お前らも一杯やれよ」

酔った放免たちに、ぷうっ、と酒を吹きかけられ、ぼうっ、と火の玉たちが燃え上がる。

水で薄めていない、強い酒だったようだ。火の玉たちがふらふらしている。

『ういー、ひっく』

『なかなかうまい酒じゃないか』

『じゃんじゃん持ってこいー』

「お、いける口じゃねえか」

「火の玉でも酔っ払うんだな、面白い」

「他のも喰うか？」

放免たちが面白がって火の玉に肴の干物やいろいろなものを放り込んでいる。それらを飲み込み、煙のげっぷをしている火の玉たちはすっかり人界になじんでいる。

「ほら、この隙に。お姫さん、行ってきてください」

完全に面白がっている中主典に重ねて言われて、乙葉は料理の載った高杯を手におそるおそる藤判官に近づく。

「あの、判官殿も、どうぞ」

脂の乗った鴨《かも》の炙《あぶ》りだ。

緑の清々しい笹の葉の上に載せられたそれを高杯ごと差し出す。ちらりと見ると、藤判官がいつもの淡々とした声で言った。

「そなたは食べぬのか」

「もういただきました」

厨と往復している時に、出来立ての若菜の煮びたしを味見させてもらった。

温かな料理を食べさせてもらったのは馬頭鬼《めずき》の女将以来だ。初めての人界の味と人の優しさが最高に美味《おい》しかった。

言うと、ぐい、と椀《わん》を差し出された。見ると雉と芹《せり》の羹《あつもの》が入っている。

「あの？」

「……」

どうやら、食え、ということらしい。

周囲を見るといつの間にか皆、酔いつぶれている。中主典に言われてすぐに話しかけたつもりだったが、緊張してここまでにじり寄るのにかなり時間がかかっていたらしい。皆、賭けの結果が出るのを待ちくたびれて眠ってしまったのだ。

寝落ちした男たちの間には空になった杯や瓶子《へいじ》が転がっている。高杯には土器《かわらけ》に盛られた烏賊《いか》の楚割《すわやり》や鮒《ふな》の膾《なます》が残ったままだ。

もう食べないのだろう。余った料理は明日まで置けば傷んでしまうかもしれない。

（なら、もったいないし）

では、とおそるおそる箸をつける。もぐもぐと口を動かす。美味しい。

誰からも顧みられず、暗い土牢でうずくまっていた七年の人界での月日。それがすべて溶け出し、新たな優しい思い出に塗り替えられるような、温かな味だ。

（こんな贅沢《ぜいたく》に慣れてしまったら、地獄に帰りにくくなってしまう……）

父は乙葉を土牢から出してくれた。地獄に連れ帰り、住むべき邸を与えてくれた。おかげで乙葉は死なずに済んだ。牢に届けられる水や粥《かゆ》が絶えるのではと怯えなくて済むようになった。

なのに、地獄での乙葉が満たされることはなかった。父は仕事で邸にいないことが多い。邸にいても義母たちを優先する。乙葉は地獄でも異端の存在だった。

（だけど、ここなら。ここにいるのは皆、私と同じ〈人〉だから）

乙葉が鬼の力を持っていなくとも気にならない。それどころか鬼の力のない乙葉でも役に立てた。それが心にかつてない解放感を与えている。

そんな乙葉の心は顔を見ていればわかるのだろう。藤判官が言った。

「中主典の言葉ではないが、乗りかかった舟だ。亡者が見つかるまでここにいるといい」

「よろしい、のですか」

「今さらだろう。それに……」

藤判官がかすかに目を泳がす。漂うくすぐったいような感情は、照れているからか。

「私が買うまではこの邸はそなたの父君のものだった。なら、そなたに住まう権利はあるはずだ」

そんな理由、こじつけだ。だが、だからこそ、彼の嘘偽りではない心が感じられて。

思わず乙葉は笑った。かすかに口角が動いただけの、端から見るとはかなげな、あえかな笑みだったが、それでも乙葉が人界で見せた初めての笑みだ。

ここにいていいと言ってもらえたのが嬉しい。だから自然と浮かんだ。

それからなぜか急に恥ずかしくなって、乙葉は袂に入れていた納蘇利の面を出した。聞き取りができたご褒美ですと中主典から返してもらったばかりのそれを顔につける。

そして床に三つ指をつくと、深々と礼をした。

「ありがとうございます。お言葉に甘えさせていただきます」

人の世も捨てたものじゃない。改めて、思った。


面をつけ、恥ずかしそうに身をすくめる彼女を見て、冬継はくすりと笑った。

（人など、煩《わずら》わしいだけ。そう思っていたのにな）

いきなり井戸から現れ、庇護することになった娘だ。少し前であれば面倒としか感じなかっただろう。それが今では新しい視界が開けたような、不思議なざわめきが心に生まれている。

（前土佐守宅で、「嘘をついている」と言いきる姿に胸のすく思いがしたからか）

ぐうの音も出ない前土佐守が面白かった。

（真っすぐな目だったな）

今の世では、何事も遠回しに言う。廟堂での評議や検非違使の裁きでさえ、慎重に根回しを重ね、遠回しにもったいをつける。自分が言うのではなく人に言わせようとする。そんな中、彼女の真っすぐさは心地よい。

だが同時に感じる。

（このままではさぞかし生きづらいだろうな）

彼女は地獄の住人だからいい。が、現世にある者は人として生きる以上、どうしても煩わしい人間関係が生じる。

冬継も最初は前土佐守の件からは距離を置くつもりだった。職務だから調査に入ったが、その判定には手心を加えなくてはならないと。それが貴族としての常識だからだ。

（犬霊一つのために、受領階級とはいえ、貴族に圧をかければ遺恨が生じる。どこをどう回って、藤氏北家と対峙するはめになるかわからない。そうなれば父や母、皇家の方々にまで迷惑をかける。そう思っていた）

それでも助け船を出してしまったのは、あまりに乙葉が悲しそうだったからだ。

犬のために安堵した彼女を見て、落としどころを見つけられてよかったと思った。

（だが、なぜだ）

そこで、ふと疑問が胸に浮かぶ。前土佐守の態度で腑《ふ》に落ちないところがある。

（生き物を虐げるのは確かに外聞が悪い。が、邸内のことだ。犬を打っただけでは罪には問えない。なのになぜ、前土佐守は頑なに犬の存在を認めようとしなかったのか）

引っかかる。引っかかるが、また事件を蒸し返して彼女の顔を曇らせたくない。

顔を上げ、傍らに座った娘の顔を見る。

彼女はまだ面をつけたままだった。それでも吊《つ》り紐で動かせるようになった面の口をずらして、幸せそうに羹をほおばっている。

か細い体だ。もともと食が細いのか、食べよと渡した椀の中身がほとんど減っていない。放っておけば弱って消えてしまいそうで。冬継は思わず椀の中身を箸でつまんだ。乙葉の口元に持っていく。彼女はきょとんとして、それでもおずおず食べてくれた。

それを見守って、また、のどを詰まらせないように小さく切った肉を与える。

恥ずかしそうに納蘇利の面が揺れて、冬継はつい笑みを誘われた。

（龍《りゅう》の面も愛らしいものだな）

面のおかげで彼女の表情はうかがえない。それでも彼女の少し浮世離れした雰囲気が全身から滲《にじ》み出ている。

「そういえば、なぜそのような面をもっているのだ？　地獄でもつけているのか？」

「はい。出仕中は。その、私はこんな姿ですから。なめられてしまうのです」

聞くと乙葉は小野篁の娘だが、迷い込んだ人との間に生まれた子で、鬼の血は入っていないらしい。七つの時に、地獄に引き取られたのだとか。

鬼ばかりの地獄でたった一人で生きる。それはそれで生きづらそうに思えた。

「……父君の迎えを断り、そのまま人界で生きようとは思わなかったのか」

「私には……地獄のほうが生きやすいのです。私はただの死に戻りではなく、母が死んでいる間に身籠もった子ですから」

死者から生まれた娘と忌まれていたのだとか。

それを聞いて彼女がなぜ、死に戻りの異能を得たかわかる気がした。

冬継は異能を持たない。が、実は〈死に戻り〉だ。外聞があるので家外には秘されているが、生まれた時、息をしていなかった。死産かと思われ、荼毘《だび》に付されそうになった時に息を吹き返したらしい。背にある火傷《やけど》痕はその時のものだ。

死に戻りの常として、邸での冬継は腫れ物に触るような扱いだった。母に抱かれた記憶もない。女房たちも気味悪がって近づかなかったから、冬継は赤子の頃から一人、御簾《みす》の中にいた。泣いても誰も来ない。だから物心つく前に冬継は悟ったのだ。心を表に出す無駄を。

以来、ずっとこの顔だ。恋にも出世にも興味がないのも、その頃の名残だと思う。

が、冬継は同じ死に戻りでも、〈お坊ちゃま〉だ。

不吉と避けられようと、腹が空けば食べ物を与えられ、生きるのに困ったことはない。

（だから、異能など必要なかったのだろうな。何も願わずとも生きてこられた）

だが彼女は言葉も発せない赤子の身で、天帝に異能を願った。そのままでは生き延びられない環境にあったのだ。

（私は、恵まれているのだな）

御曹司と人から呼ばれ、知識としては知っていた。が、実感したのはこれが初めての気がする。

この世には公平な出発点などない。生まれ落ちる場所を選べない。だから世間などはこんなものと、世を拗《す》ねていた自分が恥ずかしくなった。

「……そなたは、強いな」

「はい？」

意味がわからなかったのか、戸惑ったように彼女が首を傾げる。短所ばかりを周囲にあげつらわれ、自分の長所に気づいていないのだろう。そんな彼女が眩しく、哀れだった。

そしてこんな自分でも、手の届く範囲、少し腕を伸ばせば届くところにいる者は救えるのではないかと思った。

（傍系とはいえ藤原氏、私にはそれだけの力があるのだから）

自分の心内を多少なりとも変えてくれた地獄の姫に感謝したくて、冬継は言っていた。

「私も、手伝おう」

「え」

「その、私は役目柄、いろいろな場所に出入りする。力になれるかもしれない」

乙葉に逃げた亡者の特徴を聞く。

彼女は言い淀《よど》みながらも教えてくれた。

「実は私も実際にその姿を見たことはないのです。年若い殿方だということしか見たことがない、と言うことは彼女が逃がしたわけではないのか。

「それでも義母に聞きましたので、生まれた日時と場所、それに名前ならわかっています」

正確には宿星を知っているのですがと前置いて、彼女が説明する。

宿星とは、天に宿る星の位置だ。星の動きは天の動き。人の運命とも密接につながっている。逆に宿星を見れば、その者の生まれた日時、場所までがはっきりとわかるという。

それが鬼籍には記されているらしい。

「某村の一郎、次郎など、人は同名、同住所の者も多いですし、何度も改名したりしますから。昔はそのせいで何度も亡者の取り違えが起きたので、今の鬼籍は宿星重視なのです。ですが天体に詳しくない人に星の位置を話してもわかりにくいでしょう？　裁きの場で亡者に宿星で呼びかけても応えてもらえません。なので一応、名前も添え書きされているのです」

そして彼女は宿星を言うよりはわかりやすいだろうと、鬼籍に載る亡者の名を教えてくれた。

「逃げた亡者の名は、藤原冬継、といいます」

思わず、杯を口へと運ぶ手が止まった。

まじまじと乙葉を見る。

(乙葉は、知らないのか……?)

いや、無理もないのだ。貴人の名はむやみに口にするものではない。皆も、判官殿、と自分のことを呼び、特に誰も教えなかったのだろう。

だから彼女は何故、自分が目を見張り、黙り込んだかはわからないだろう。

藤原冬継。

それは、冬継が元服の時に父から与えられた名だったのだ――。

第二話　常世の夢

1

遠い記憶がある。赤子だった頃の、覚えているはずのない記憶だ。

母に焼き殺されかけた時のこと。鬼の形相の母と、己を焼く激しい炎、眼下に広がった血みどろの世界。今になって思う。あれはなんだったのか、と——。


冬継《ふゆつぐ》は悩んでいた。

なぜ、乙葉《おとは》の追う〈逃げた亡者〉が自分なのか。普段、己の身にすら執着のない冬継だが、珍しく心にかかり離れない。

(死んだ覚えはないのだが)

はたから聞けばさぞかし間抜けだろう感想を抱く。が、冬継は真剣だ。命がかかっている。

(私は一応、死に戻りだ。そのことだろうか?)

死んだというなら、赤子の時に一度死んでいる。

(だが乙葉の口調では、くだんの亡者が死出の山を越えたのは最近のようだった)

当たり前だが、冬継が赤子だったのは十七年も前のことだ。計算が合わない。

それに乙葉は閻魔《えんま》庁の官吏だ。嘘《うそ》はつかない。冬継を前にして「あなたは亡者です」と、告発しないのもおかしい。

(彼女は地獄の官吏として人界に来るのは初めてだ。だからか……？)

彼女にとってても異例の事態だ。くだんの亡者を見つけても、己の目にどう映るか、彼女自身よくわかっていないのではないか。

だが、これもただの推測だ。

(直接、彼女に聞けばいい話だが、もし私が逃げた亡者なら、私自身が彼女が人界へ来る原因を作ったことになる。寿命に納得せず逃げた極悪人と非難されたら。いや、それよりもなぜ、今まで正体を黙っていたと白い目で見られるのは、いくら感情の起伏が乏しい私でも嫌だ)

今ではすっかり彼女の保護者気取りの放免《ほうめん》たちにも「判官《じょう》殿、見損ないやしたぜ」と距離をとられるだろう。

何より、そんなことを気にしてしまう自分に戸惑う。

人と接するのは嫌いだ。できれば誰とも会わずに過ごしたい。それがいつもの冬継だ。

なのにいつの間にか他の目を気にするようになっている。告白を先延ばしにしている。

(亡者かもしれないとはいえ、わざと名をごまかしたわけではない。何かの間違いかもし

れないし、もう少し乙葉から話を聞き、事態をはっきりさせてから話すほうがいい）

自覚はある。これは公平ではないやり方だ。地獄の裁きを受ければ間違いなく刑を言い渡される。

ほう、とため息をつくと、声をかけられた。

「どうした、体調でも悪いのか？」

冬継ははっとした。顔を上げる。

「珍しいな、そなたがそのように気もそぞろになるのは」

「宮様……」

冬継の前で練絹《ねりぎぬ》の単《ひとえ》に紅梅の衵《あこめ》を羽織った、しどけない姿で脇息《きょうそく》に寄りかかっているのは先帝の八の宮。現帝の同母弟にあたられる、冬継の乳兄弟だ。

見事な梅を植えた邸《やしき》にお住まいで、自らも薫る白梅のような美しい姿をしておられるので、皆、梅宮《うめのみや》様とお呼びしている。

（そうだった。今は宮様の体調がすぐれないと聞き、ご機嫌伺いに来ていたのだった）

宮の邸は出不精の冬継が自ら訪れたいと思える、数少ない場所だ。

宮の乳母《めのと》は、冬継の母だ。

宮の母女御《にょうご》が身籠もった時、母の胎《はら》にも冬継がいた。母は女御の妹にあたるため、傅育《ふいく》役としても最適だと乳母に抜擢《ばってき》されたのだ。以来、母は宮につききりだ。赤子の頃、母が冬継を邸の女房に任せたまま顔も見せなかったのは、忌み子に触れて尊い皇子に穢《けが》れを移すのはまずいとの思いもあったのだろう。

その後、女御が亡くなり、母は後ろ盾を失った宮を一人にはできないと傍《そば》に残った。宮が自身の邸を構えた今も奥を取り仕切っている。そんなわけで普段の宮邸は敷居が高い。が、母子の気まずい関係を察している宮が、「今日はそなたの母御は寺参りで留守だ。見舞いに来るように」とわざわざ使いをくれた。なら、冬継に訪問を断る理由はない。

最近はあまりお会いしていなかったこともあり、爺《じい》が手土産にと持たせた、とっておきの苔玉《こけだま》を手にやってきた。

「そんなにかしこまらないでくれ。私たちは乳兄弟で従兄弟《いとこ》だろう」

久しぶりに見る宮は少しやつれていた。

美女と名高かった亡き母女御に似て眉目秀麗な方だが、いつもの凛《りん》とした風情はなりを潜め、どこか艶《なま》めかしい、疲れた様子をしている。

「わざわざすまないな。病ではないのだ。まだ公にはしていないので内密に頼みたいが、実は妃《きさき》が身籠もってな。つわりがひどい。見ていて私まで気分が悪くなった」

男同士の気安さからか、宮が照れ臭そうに、冗談めかして言う。宮が愛妻家であることは知っている。なので、冬継も笑みを浮かべて祝いを口にする。

（と、いうことは、母の寺参りは安産とつわり平癒の祈願のためか）

幸せな理由でよかった。あの宮様大事の母が物見遊山も兼ねた寺参りに行くとは思えない。何かよからぬことでも起こったかと身構えていたので、ほっとした。

（では、邸に妙に護摩《ごま》の香りがするのもそのせいか）

宮が僧を呼んだとは、情報通の中主典《ちゅうのだいさかん》からも聞かなかった。内密に呼び寄せたのだろう。

（本心では声を大にして祝いたいだろうに。それができない宮様がお気の毒すぎる）

宮は現帝の同母の弟宮だ。

十年前、即位した現帝には左大臣家出の皇后がいる。皇子も生まれ、すでに立太子した。帝位の継承は皇后胎の皇子へと続いていく。宮に帝位が回ってくることはまずない。

（ある意味、気楽な身分だ。その、はずだったのだが……）

最近はその身辺がきな臭くなっている。

譲位したとはいえ、現帝と宮の父君である上皇は健在だ。上皇はもともと傍流筋の皇族だ。帝位につくことはないと思われていた。ところが藤氏《とうし》の勢力争いで突然、白羽の矢が立った。

藤氏にとって都合がいい皇族だから帝にされた。そんないきさつから、上皇は藤氏に振り回される皇統の今を不快に思われたのだろう。院政をしき、自由のきく立場から、藤氏主流の北家《ほっけ》の力をそごうとなさった。

が、現帝の皇后は北家の左大臣家の姫だ。現帝と左大臣の仲は良好で、逆に舅《しゅうと》と組んでうるさい父上皇を排除しようとしている。

そんな中、父上皇の娘を妻に迎えた宮は、控えめな性格だ。父上皇にも気に入られているる。そのせいで現帝からは次期帝位欲しさに父方についたとみなされているのだ。

宮は飾らない人柄をしておられる。宮のほうがわずかの差とはいえ年下なのに、「そなたの母を奪ってしまった」と、冬継を気遣い、兄ぶってみせられるなど、微笑《ほほえ》ましいまでの心遣いをなさる優しいお方だ。野心などはない。それでも政争に巻き込まれてしまう。

「そんな顔をするな、私は平気だ」

宮の置かれた複雑な立場に浮かない顔をすると、逆に気遣われた。

「それよりも問題はそなただ。乳兄弟の私を気遣い、目立たぬよう、左大臣を刺激せぬよう、邸に引き籠もっているだろう。私のためにそなたの人生まで犠牲にすることはないのだぞ。出世を目指したければ出世を、恋がしたければ恋をするがいい」

「私は好きで一人でいるだけです。宮様がお気になさることはありません。人といるのは煩《わずら》わしいですし、引き籠もり暮らしもこれはこれで楽しいものですよ」

言いつつ、爺の力作である苔玉を披露すると苦笑された。

「そう言ってくれるのは嬉しいが、そのわりに顔色がすぐれない。どうした、悩みでもあるのか?」

話してみよと言われたが、さすがに乙葉と逃げた亡者のことを言うわけにはいかない。ごまかすと、また聞かれた。

「悩みがあるわけではないのにその顔色とは。体に障りでもあるのではないか？　それとも誰かの気にあてられたか？」

「宮様とは違い私はまだ妻を迎えておりません。周囲にあてられるような、めでたい気をもつ女人はいませんよ」

「だが今日のそなたはため息ばかりだ」

「ため息は……。寝不足だからです。少々、夢見が悪く。冬を抜けたせいかここのところ暗い井戸の中を光に向かって昇っている夢ばかり見ます」

事実だ。逃げた亡者のことが常に頭にあるせいか、乙葉を負ぶって井戸を昇ったあの時の夢ばかり見る。おかげでここのところ冬継は熟睡できていない。

答えると、なんだ、そなたもか、と宮が言った。

「ここだけの話だが、私も最近は妙な夢ばかり見る。不吉故、声には出せぬが。初めて親となる緊張からかと思っていたが、そなたもとは。さすがは従兄弟だな、心が通じ合っている」

嬉《うれ》しそうに宮が笑われて、明るくなった顔色にほっとする。

それから、またしばらく雑談などをして、宮が疲れないうちにと御前を辞したが、

「一度、陰陽師《おんみようじ》に夢占《ゆめうら》をさせては。大事な御身なのですから」

と、最後に一言、薦めてしまったのは、夢見が悪いと言った宮の顔色が気になったからだ。妃の体調が気にかかる、それだけではない気がする。

（呪詛《じゆそ》でもかけられているのではないだろうな）

心配になる。立場上あり得ないとは言いきれないのが宮だ。

（前土佐守《さきのとさのかみ》邸での件のように、呪詛と思わせて飼い犬が家に戻っただけなら、ご愛敬《あいきよう》で済むが。乙葉に頼んで宮の邸を見てもらったほうがいいか）

彼女は漂う亡者の姿なら見えると言っていた。少しでも懸念事項は減らしておきたい。人と接するのは嫌いな冬継だが、そんな自分でも宮のことは大切なのだ。

（そうそうに宮仕えも辞して山に籠もりたいと思っていたが、私は案外、今の暮らしを気に入っていたのだな）

前土佐守の邸で養父に先立たれた波多《はた》に珍しく手を延べたのは、脳裏に、爺や乙葉の顔が浮かんだからだった。

（私が死ねば、残された者たちはどうなる？　そう思うと自然と声をかけていた）

考えて、ふと、邸で待つ乙葉を思った。

彼女に会ってから。いや、自分が死した身かもとの疑いを持ってから、世の見方が変わった気がする。なくして、ようやくそのありがたみがわかるように、自分にも人への未練や愛着があるのだと気がついた。

逃げた亡者のことで混乱しつつも、乙葉に自分のことを言い出せないでいるのは、〈今〉を損ねたくない、そう願う心が自分の内にあるからかもしれない。


邸に戻ると、前庭に面した簀《す》の子《こ》の高欄近くに、彼女がいた。

冬継には見えないが、隣に亡者でもいるのだろう。

「そうですか」

「大変でしたねー」

などと、白湯《さゆ》が入っているらしき茶碗《ちゃわん》を手に、のんびりと相づちを打っている。

亡者といるからか、彼女は納蘇利《なそり》の面をかぶっていた。

春の陽《ひ》の差す高欄で、碗を手にしている龍《りゅう》を象《かたど》った面をつけた少女。違和感がありまくりの光景だが、妙にのどかな雰囲気が漂っていて、泣きそうになった。

やがて亡者は愚痴を吐き終え、満足して逝ったのだろう。

乙葉が手を振り、空を見上げて見送っている。

それから、こちらに気づいたのだろう。乙葉があわてたように床に指をつき、「お帰りなさいませ」と頭を下げた。

「亡者がいたのか」

「はい。私が追う亡者の方ではありませんが、ご自分が死したことをご存じなかったようで。意識を切り替えられず、死出の山に向かう勇気を持てずにおられたので、少しお話をしていました」

次郎丸《じろうまる》の一件があったからか、彼女は惑う亡者を見かけると、自分から話しかけるようになっている。人への苦手意識も薄れたのか、冬継に説明する口調にも淀《よど》みはない。

その成長ぶりに、冬継は悩むばかりで前進のない自分が恥ずかしくなる。

「多いのか、そういった、さまよう亡者は」

「そうですね。死んだ時の勢いで一気に死出の山を越えてしまわれる方がほとんどですが、時間をかけて自覚して、人界の垢《あか》を落としてから下っていかれる方も少なくないですね。私は今まで、裁きの場におられる方しか見たことがありませんでしたから。勉強になります」

迷う亡者といっても今の自分に戸惑っているだけ。調伏《ちょうぶく》など特別な技を使うまでもない。ゆっくり話を聞いてやるだけで、心の整理がついて自ら旅立っていくそうだ。

それから、彼女は面を外し、「申し訳ありません」とすまなそうな顔をした。

「お留守の間に判官殿の母君様がいらしたのです。急いで隠れましたから姿は見られなかったと思うのですが、私がお邸にいることに気づかれたかもしれません」

乙葉は身を縮めた。

藤判官《とうのじょう》の邸に居候を決め込んで、半月と少し。

乙葉が来るまで彼は邸に女人を置かなかった。寝殿に立ち入るのも男だけで、女房はいない。自然と、邸は実用本位の殺風景なものになる。

それがどうも乙葉には落ち着かなかった。

邸の皆の心をくつろげたい一心で、〈爺やさん〉に断り、庭に咲いていた寒桜を瓶に活《い》け、簀の子の高欄近くに置いたのだ。

邸の皆が傍を通るたびにほっこりした顔をするので乙葉も満足していたが、今日はそれを寺参りの途中に寄ったという、藤判官の母君に見られてしまった。

いつもは飾られていない花だ。怪訝《けげん》そうに母君は目を細めていた。

藤判官の帰りがいつになるかわからないと爺に聞いて、何も言わないまま帰っていったが、きっとあれこれ察しただろう。

「……大事なご子息の邸に見知らぬ女が入り込んでいると、不快に思われたかもしれません」

善意で置いてもらっているのに、母君に妙な誤解をさせてしまったのではさすがの藤判官も不快だろう。そう思ってひたすら謝る。

が、藤判官は怒らなかった。

「気にすることはない」

「え」

「母は私の身の回りのことなど気にしない。寺参りの途中に寄ったとのことだが、それ自体が口実で、宮に関して何か私にさせたいことがあっただけだろう。急ぎであればあちらから文でも送ってくる。こちらが気を遣うことはない」

冷ややかに突き放すように言われて乙葉は戸惑う。

藤判官はもともと言動に喜怒哀楽は出さない人だ。それだけにこんな口調は珍しい。そんな乙葉の気配を感じたからか、彼がこちらを見る。

相変わらずの表情のない顔だが、人の感情を読み取れる乙葉には、彼が、案ずるな、というようにこちらに、ふっと微笑んでみせた気配がわかる。

「だから、そなたが気にする必要はない」

言って、頭をなでてくれる。

十四にもなった娘にすることではないが、乙葉はこの感触が好きだ。静かに触れてくる大きな手から、温かな彼の人柄が感じられて、感情を読むまでもなく安心できる。

そもそも感情が読まれると知ると、普通は気味悪がるものだ。触れはしない。

なのに、彼は乙葉を邸に置いてくれる。

「表情に出さなくとも心をわかってもらえるなら、言葉や態度に出す手間もなく、誤解をされる恐れもなく、面倒がなくていい」

と、太っ腹なことまで言ってくれる。

さすがに邸の雑色《ぞうしき》たちは困ったように、少し距離をとる。が、藤判官配下の、中主典や放免たちも、

「やだなあ、私の複雑高貴、深謀遠慮な感情を、お子様なあなたごときが読みきれるわけないでしょう。ほらほら、読めるものなら読んでみなさい、見くびらないでもらいましょうか」

「感情が読めるったってなあ。俺ら悪人だし。悪いことばっか考えてるし、この顔だし。今さらっていうか、避けられることはあっても、こっちから人を避けたことないしなあ」

「お姫さんのこと避けろって言われても、逆に困るって言うか」

と、あっけらかんと受け入れてくれた。おかげでここは大変居心地がよい。人界が怖いと言っていたのが嘘のようだ。

だから乙葉は自分にできる範囲でいい。皆の手伝いをしてお返しをせねばと思っている。

邸の雑色が母君の来訪を知らせてくれた時、高欄の花を片づける余裕がなかったのはそ

のためだ。

女手のないこの邸では針仕事をする者がいない。必要な時はわざわざ藤判官の実家に反物を持ち込んでいると聞いて、乙葉は昨夜から、更衣の衣を仕立てていたのだ。

人界の衣はざっと簡単に布を縫い合わせるだけでいいので仕立ても簡単だ。

とはいえ、数を絞っていても邸にはそれなりに人もいる。一夜では終わらず、藤判官が出仕して留守のお昼時、暖かな陽差しの下で縫い物をしていると、目元がかすんで針を持ったまま、つい、こっくりこっくりと船をこいでしまった。

なので母君の来訪に気づくのが遅れ、床一面に広げた布や針道具を片づけるのでせいいっぱいだったのだ。

そこらの事情はいつも邸内を見守ってくれている爺に聞いたのだろう。藤判官が言う。

「仕立てを頼んだのはこちらだが、夜を徹してまでしなくていい」

「火の玉たちがいるので灯台の油は使っていません。それに地獄ではいつも出仕を終えてから針仕事をしていましたから、これくらい普通です」

ちなみに昨夜遅くまで付き合ってくれた火の玉たちは、今、お昼寝中だ。万が一、寝ぼけて炎を出してもいいようにと、もう春だというのに藤判官が可愛《かわい》らしい寝心地のよい火炉を塗《ぬ》り籠《ご》めから出してくれたので、そこを寝間にして、くうくうと健やかな寝息を立てている。

「地獄ではどうだったかは知らないが、ここは人界だ」

藤判官が言った。

「そなたのことは、閻魔庁より預かった客人だと私は思っている。暇を持て余すくらいなら手伝ってくれるとこちらもありがたいが、体調に障るほど気を回す必要はない」

条件反射で、「はい……」と頭を下げかけて、乙葉はためらった。

丁寧な客人扱いは乙葉にはかえって居心地が悪い。地獄では常に体を動かしていた乙葉は、逆に何もしないでいるのは手持ち無沙汰で落ち着かないのだ。

それに、夜、早めに床につくのも実は苦手だ。

「……あの、その、気を回したわけではなくて。したくて夜更かしをしたといいますか」

乙葉は思いきって心を口にした。

「その、私はもともと夜はあまり眠れないほうなのです。目を閉じると、暗くなるので」

今まではずっと口答えするなと叱られ、口を開くにも気力を要した。

が、ここでは藤判官が話し終えるまでゆっくり待ってくれることを知っている。だから何かしていたほうが気が紛れるのだと、乙葉は一生懸命、声に出す。

藤判官にはすでに身元確認の際に、実母に捨てられた生い立ちは話している。土牢《つちろう》に入れられていたことも。

化け物が怖いと、一人で眠るのを怖がった前土佐守邸の男童《おわらべ》、幸若《さちわか》のことを笑えない。

「私は暗いところが怖いのです。また土牢に入れられたかと、父が迎えに来てくれたのは夢だったのではと疑ってしまうので、目を閉じるのが嫌いなのです……」


それを聞いて、冬継の胸がきゅっと痛んだ。

この娘と話すといつもこうだ。何気なく口にしてしまった自分の無神経さに気づき、己がいかに恵まれているかを思い知る。

(もしや、それでいつも火の玉たちといるのか……)

昼の今はここにいない三兄弟の姿を目で探しつつ、冬継は自分の至らなさを反省した。

そして、すまない、と謝ってから、冬継は聞いた。彼女の心を知りたくて。

「……恨んだことは、ないのか」

「え?」

「母君を」

質問の意図がわからないらしく目を瞬《しばた》かせる彼女に、冬継はためらいつつも告げる。

「その、父君に引き取られたということは、縁を切ったも同然なのだろう、実母殿とは」

「それは……仕方がありませんから」

寂しげに、だが、もう吹っ切れたのだと主張するように彼女が明るく言う。

「母は天帝様に願い、死に戻りの異能で父や地獄の記憶を消しました。私をおぞましいと思うのも無理はありません。そして母が記憶を手放したのは父を愛するが故です。母の情の深さを私は責められません」

「では、父君のことは？　なぜもっと早くに迎えに来なかったと怨ずることはないのか」

「それも無理はないのです。父は母が人界に戻るのを見送った時、胎に私が宿っていたことを知りませんでしたから」

人は胎に宿った時ではなく、生まれ落ちた時に天帝が持つ人命帳に項ができるそうだ。なので天界とも行き来する彼女の父も、胎の子には気づかなかったらしい。

正妻の目もあり、あえて姫のその後を追わないようにしていたが、何年か経《た》ち、あの時の姫は幸せに暮らしているだろうかとやはり気になり、天帝の許しを得て人命帳を見て、そこに〈子を出産〉とあるのを見つけ、あわてて娘の乙葉を探したそうだ。

「迎えに来てくれた時に父は、今まで気づかずにすまないと、何度も謝ってくれました。そして、乙葉と私の名をつけてくれたのです。それまでは私は『あれ』『それ』などと呼ばれていて、人命帳には名すら記されていませんでしたから」

「名がない状態で、どうやって人命帳にそなたの項ができるのだ？」

「それはですね、人は生まれ落ちた時点で、天帝の名簿に、一枚、その者のための項が生じるからなのです」

彼女が説明してくれた。生まれてすぐはまだ名をつけられていないことが多い。なので名の欄は空白のまま、生まれた日時と場所、その者の運勢を表す星の位置、つまり宿星だけが記された、その者の項ができるそうだ。

「その後、名がつけられた時点で、名の欄に字が浮かびます。数え七つまでは神の子、早世する子が多いせいで、正式な名をつけないままという親も多いですから」

「……では、名の欄が空欄のまま鬼籍に移る子もいるわけか」

「悲しいですが、そうなりますね」

無事、子が生き延びることができれば、以後、その子が改名するたびに、欄の名もひとりでに追加されていくそうだ。

「ちなみに人命帳の名がひとりでに更新されていくのは、人は元服の際など、成長と共に名を変えることが多く、官吏が手書きで対応していては間に合わないからです」

「ではいっそのこと名は記さず、宿星だけで管理したほうが簡単なのでは？」

「昔はそれも試したことがあるそうです。戦乱の世では赤子がつけられた名を知らないまま親と別れることもありますし、記憶を失い別の名で暮らす者もいます。事情があって誰かに成り代わって生きる者もいて、いちいちその者が申請する名と書き換えては混乱しますから」

ただ、それをすると、亡者を呼ぶ時に困るそうだ。

「何しろその者が生まれた時の天体図をすべて言葉にして呼べと言うのと同じですから。やたらと長い上、天体の知識がないとわからない星の名前や位置があって。宿星を元にした呼び方をすると亡者が反応してくれないのです。自分の宿星を知らない人も多いですし」

で、結局、亡者を名で呼び、管理する方針になったそうだ。

言われてみれば冬継も天文の知識はない。自身が生まれた時の天の星の配置など知らない。

「まあ、名前呼びも完璧ではなく、中には鬼籍に載る自分の本当の名を知らない者もいますから。裁きの場に引き出された亡者が別の名を申告して、閻魔王様が戸惑われることもあって、ややこしいのはややこしいのですけど」

そこで冬継は引っかかった。人の名がころころ変わる現状と、それでも呼び名が必要という事情はわかった。が、

「では、人命帳や鬼籍に記される〈本当の名〉とはなんなのだ？」

逃げた亡者の名が〈藤原冬継《ふじわらのふゆつぐ》〉であることの謎がわかるかもしれない。期待を込めて聞く。

「本当の名、とは、親がつけてくれた名、です」

彼女は冬継の思惑には気づかず、すぐ答えてくれた。

「地獄の仕組みは唐風で、先祖の祀《まつ》りを重視しますから、その名残だと思います。それでは名づけ前に親を亡くした子などは名もないままになってしまうのですけど。とにかく記載の大筋を決めなくてはややこしいからと、強引でもそれで統一されたと聞きます」

おかげで、後から続々と「この場合どうしたら」という不備が出るそうだが、とりあえずそれで押し通しているそうだ。

「不備、とはどのようなものだ？」

「例えば、親自身が子の名を間違えてつける場合でしょうか」

と、彼女は、「赤子の頃に双子が取り違えられる話など聞かれたことはありませんか？」と言った。

「そういう場合はもう仕方がないので、宿星重視で押し通しますね」

親が長男を次男と取り違えて育てても、鬼籍には長男は長男と記されるそうだ。生まれ落ちた時点で人命帳に、先に生まれた者が長男であると、項ができるかららしい。

「以後はその項にならいます。親が間違えて、弟のほうを長男だと思い〈太郎〉と名づけても、生まれ落ちた時に長男だったのは兄のほうです。そして〈太郎〉は長男のために用意された名ですから、その後、二人の立場が替わっても、鬼籍には兄が〈太郎〉と、名が記されるのです」

二人が取り違えられたまま成長し、元服して、親が弟のほうに、〈佐一《すけいち》〉と新たに名を与え、逆に兄を〈佐二《すけじ》〉としても。

「鬼籍には、長男、つまり先に生まれた子の名が〈佐一〉、弟が〈佐二〉と載るのです。人界では兄のほうが〈佐二〉と呼ばれ、弟が〈佐一〉と呼ばれていてもです」

なるほど、と思った。双子でも同時に生まれることはない。必ず生まれた時刻がずれる。いくら名を取り違えられて育とうと、最初に〈長男〉と認識された者に常に長男としての名を付随させていく決まりを通すなら、途中でごっちゃにならずに済む。

(そうやって個体を識別しているのか)

例えは悪いが、宿星の記載は家畜につける焼き印のようなものだろう。成長した牛がどこへ売られ、どんな名をつけられても、焼き印はついて回る。生まれをごまかすことはできない。そういうことか。

「確かにそれなら閻魔王が亡者を取り違えることもないな。間違った名を本名と信じていた者は戸惑うだろうが、不要な人の取り違えはなくなる」

「はい。死後、自分の本当の名を知って驚く亡者もいるそうです」

実は自分はただの邑人《むらびと》ではなく、赤子の時に死んだと思われていた亡国の王だった、とか物語のような実話もあるらしい。

「と、いうことで。私は父が名づけてくれた時点で名簿に〈乙葉〉と名が浮かんだわけです。でも宿星もあれば大変なのですよ。生まれた日時が正確にわかるということは、そこから逆算すれば父がいつ私を為《な》したかわかりますから。義母の妊娠中の出来事だったことを隠しおおせず、義母が父を責めて、閻魔王様が仲裁に邸まで来訪される大騒ぎになったのです」

「それは……、大変だったな」

だが、それを聞くと、

(私が同姓同名の誰かと間違えられている、ということもないか)

宿星にはその者が産み落とされた日時と場所が記される。乙葉から宿星による、逃げた亡者の生まれ落ちた場所を聞き、彼女には内緒で見に行った。そこは冬継が生まれたと聞く、曾祖母の邸があった場所だった。

日は一月二十日、聞かされた誕生の日と同じだ。ただし時刻ははっきりしない。爺から聞いたところによると、母は高齢の初産で予定日を過ぎてもなかなか産気づかず、陣痛が始まってからも時間がかかり、冬継が生まれるまでに二日二晩かかったという。

「そこまでしてお産みした御子《おこ》を厭《いと》う母はおりませぬ」

と、爺は言うが、おかげで母も周囲もくたびれきっていた。しかも宮の母女御のお産も迫り、家中がばたばたしていて、そんな中、死産と思われていた冬継は、後は埋葬するだけだったこともあり、正確な生誕時刻を誰も記録していなかった。

（だが、少なくとも日は合っている）

何しろ荼毘に付されかけたのだ。その時書かれた卒塔婆《そとば》には、入滅日として誕生した日を僧の手でしっかり記され、記録されている。なので間違いない。

（卒塔婆の入滅日で誕生した日を証《あか》すなど、複雑だが）

と、冬継の思考が逃げた亡者へ向かった時だった。それを読んだかのように乙葉が言った。

「ですから、宿星さえわかればすぐ逃げた亡者の行方もわかると思ったのですけど」

彼女が読み取れるのは感情だけ。

そう聞いていたのに、どきりとして彼女を振り返る。

「藤原姓がここまで多いとは知らず、邸の住人の顔ぶれが変わると知らず。検非違使《けびいし》を務める判官殿でも跡をたどれないとは正直、想像もせず。困りました」

公の場では相手を官職や通称で呼ぶ。本名は口にしない。

それをいいことに、探している、とごまかしている。

（乙葉には念のため、他の者には亡者の名を言わないようにと口止めした。普段は邸の奥に置いて、市中へ探索に出る際には必ず私が同行している。ばれることはないと思うが）

彼女を欺いていることに良心がちくちくと痛む。

「今、どこで何をしてらっしゃるのでしょうね、藤原冬継殿は」

乙葉が庭を見た。視線の先には、すでに花を散らせ、新芽が出始めた梅の木がある。そういえば彼女と出会ったのは梅の花の季節だった。もうそれだけの日が経ったのか。

「早めに地獄へ還《かえ》してあげたいのです。そろそろ陽気もよくなってきましたし」

「……陽気がよくなると何か困ることでもあるのか？」

「腐ってしまいますから」

思わず、ぶ、と変な声が出た。この娘といるとどうも勝手が狂う。

「腐る？　亡者がか？」

「はい。正確には、亡者が入っている遺骸が、です。体が仮死状態にあるだけで魂さえ戻れば蘇生《そせい》する死に戻りとは違って、亡者は死者ですから。当然、体はもう死んでいます。再び魂が宿り、動かしたとしても、腐敗は止められないのです」

触れれば冷たい。それだけでなく、髪も爪もしばらくすれば伸びなくなるそうだ。

「魂が入ることで多少は腐敗の進行も遅くなります。が、それでも死斑が出ますし、死後硬直も始まります。体が動かなくなり、関節が曲がらなくなる。十刻も経てばまたほぐれますけど、死に戻りならそんなことはありません。体は鮮度を保ったままです」

思わず冬継は自分の腕を動かして関節の具合を見てしまう。

（大丈夫そうではあるが……）

人界では死を穢れとする。遺骸に触れることを厭う。

葬儀を行う時は着物や布で遺骸を覆うし、そんな余裕のない者はさっさと外に遺棄する。なので、冬継は検非違使の職にあるとはいえ、そこまでじっくり死体を観察したことはない。死した体については素人だ。

「ちなみに、土に埋めると腐敗速度が遅くなるのですよ。水中だとさらに遅れます。虫や魚に喰われるのであまり周知されていないことですが、何にも食されないままだと遺骸は静かに朽ちていきます。最初は青色に。次は赤、そして黒っぽい色になり溶けていきます。それを本能で知っているのか、これらの肌色を亡者は畏れます。なので地獄で獄卒を務める鬼には赤や青の肌色をした者が多いのです」

赤鬼に、青鬼にと、鬼の種類を教えてくれたが、朗らかな春の昼下がりにする話ではない。

案の定、辟易《へきえき》した響きの野太い声が、高欄の下から聞こえてきた。

「いや、さりげなくそういう生々しい話、聞かせないでくださいよ。まだ真っ昼間ですぜ」

「判官殿、お姫さん、ご歓談中すんません。お邪魔します」

検非違使庁の実働部隊である、放免たちだ。

中門を抜け、ぐるりと前庭を回ってきたのだろう。いつもなら一応、身分を気にして最初の挨拶は中主典に任せる彼らが、珍しく自分たちで声をかけてきた。

「どうした、中主典は？　いないのか？」

「いや、おられることはおられるんっすけど」

放免たちが背後を見る。そこにいるのは、両脇を屈強な男たちに支えられてかろうじて立っている、魂が抜けた顔をした中主典だった。

放免たちが口々に説明してくれる。

「いえね、この間さる大家のもめごとを内密に収めた礼に、まとまった金子をもらいましてね」

「ちょうど春の更衣の時節じゃないすか。あぶく銭だし、ぱーんと増やしてお前らにも新しい衣、作ってやるからなって、中主典殿が豪語して」

「ぜーんぶ賭けに注《つ》ぎ込んで、すっちゃったんすよ。それどころか太刀鞘《たちざや》の新調をするために って家から持ち出した分まで使っちゃったみたいで」

「……それでこの有様か」

中主典は酒や賭けごとが好きだ。強いわけでもないのに、「これも下々と交わり情報を集めるためですって」と言い訳をしては金子を注ぎ込む。

「いい加減、自分が賭けには弱いと自覚すればいいのだが」

「ですよね」

「中主典殿、もういい歳《とし》だし」

普段は気前もよく、面倒見のよい中主典を、実の親か兄のように慕っている放免たちだが、こればかりはかばいようがないのだろう。容赦がない。この様子では冬継が察する以上に、中主典の負けは込んでいるのだろう。

「好きなものを無理に取り上げる気はないが、職務に影響のない範囲で、ほどほどで済ますよう、皆で中主典を見守ってやってくれ」

「御意」

中主典は仕事の話に来たらしい。

最初は乙葉も驚くほど意気消沈していたが、藤判官が、「放免たちの更衣の用意は私がする」と請け合うと、ようやく立ち直り、訪問理由を話しはじめた。

「それがなんとも雲のようなつかみどころもない話でしてねえ」

と言いながら彼が語ったのは、夜盗に押し込まれたという、一家の話だった。

「近所の者が私的に伝手《つて》を頼って検非違使に持ち込んだ話ですから、宣旨が下ったってわけではないんですけど。そこの邸がちょっと訳ありというか、私らに関係がありまして、気になって。判官殿の出座をお願いしたく」

先月半ばに、夜盗に襲われて使用人含め、一家皆殺しにあった邸があったそうだ。かろうじて姫君だけは背を斬られはしたものの命を取りとめ、縁者の邸に引き取られた。

「だから、今は無人のはずなんです。あの邸」

縁起が悪いと買い手もつかず、今の持ち主である姫君も縁者宅で伏せったままなので、流れた血潮もそのままに、手つかずで放置されている。

「なのに気づくと誰も死なずに普通に生活してたそうなんです」

俺も見た、門番に挨拶されたという者が大勢いるらしい。

「別の一家が越してきたんじゃないかって聞いたら、いや、違う、会ったのは顔馴染《なじ》みの誰それだ、間違いないって言うんですよ。で、そこまで目撃例があるなら、夜盗に襲われた話のほうが間違いかと思ったら、そこの家宝の蒔絵《まきえ》の櫛箱《くしばこ》が市で売られてるのを隣家の者が見つけましてね。夢と片づけるにはちょっと。気味が悪いとうちに話を持ってきたんですよ」

この邸に居候して半月と少し。乙葉にも人界の検非違使庁の仕組みがわかってきた。

閻魔庁のように二十四時間、亡者の相手だけに専念するわけではないらしい。

検非違使の頂点にいるのは、別当《べっとう》。帝より勅書を賜るのは彼だが、現職の中納言《ちゅうなごん》、参議《さんぎ》といった重職にある者が兼務するので自ら動くことはまずない。

そこから下に、佐《すけ》、大尉《だいじょう》と位があるがここらも兼任だ。帝の御幸《みゆき》に供奉《ぐぶ》するなど晴れの舞台には威儀を正して出張ってくるが、追捕《ついぶ》の場に出ることはない。判官位くらいになってやっと任にあたるようになる。

その判官位にある藤判官も兼任で、普段は衛門府《えもんふ》というところに勤めているらしい。何か訴えがあり、上から動くよう命じられると、検非違使として働くのだとか。

なので毎日の見回りや市の違反の取り締まり、獄舎の管理といった日常業務は大志《だいさかん》や少志《しょうさかん》、そのさらに下の看督長《かどのおさ》や火長《かちょう》たちが放免を率いて行う。よほどのことがない限り、上の出馬を願ったりしない。

それがわざわざ呼びに来たということは。

「訳ありだって最初に言ったのは、実はその家の家宰を務める男の息子が、うちにいるからなんですよね。で、私も個人的に気になって」

「うちって、検非違使庁にか？」

「はい。ここしばらく休みを取ってますけど、案主《あんじゅ》として事務仕事をしてます。真面目でなかなか有能な男で私も気にかけてたんです。でも彼からは父が仕える邸に夜盗が入ったなんて話、聞かなくて。ちょっと放免に見に行かせたら、確かにそこの邸は人が暮らしてる、賑《にぎ》やかだって報告で。どう判断したらいいかわからないんですよ」

それは確かに訳ありだ。

「集団で狐《きつね》にでも化かされてるか、隣近所のほうが組になって何か企《たくら》んでるのか、どう考えてもまともじゃなさそうで。これはお姫さんにも出馬願ったほうがいいんじゃないかって思いましてね。どうです？」

中主典が藤判官に訊《たず》ねる。

ここ最近、藤判官のもう一つの職である衛門府のほうが忙しいらしく、乙葉は彼に付き添ってもらえず、邸に閉じ籠もりきりだった。逃げた亡者の件を片づけるためにも早く市街に出たくてうずうずする。

そこへお昼寝していた火の玉たちも気配を察して起き出してきた。

『なんだ、なんだ、事件か？　何かあったんなら起こしてくれよ、乙葉ー』

『あ、放免の兄貴たち！　こんちゃっす！』

『よおし、俺らに任せとけ。華麗に片づけてやるぜ！』

調査に同行する気満々だ。

そんな火の玉たちと乙葉を見て、藤判官が小さく苦笑した。

「共に来るか？」

「は、はい……！」

まだ少し遠慮を残しつつ、それでも連れていってもらえるなら嬉しい。

乙葉はいそいそと外出の用意を整えた。

2

またまた藤判官の馬に同乗して出かける。初日に歩きにくそうなそぶりを見せてしまったからか、藤判官の頭には、乙葉を一人で歩かせるという選択肢はないらしい。

外出用に目立たない色の袿《うちぎ》を被衣《かつぎ》にして、さらに地味な色の袿の袂《たもと》にはお昼寝から覚めたばかりでねむねむだが、やる気満々の火の玉たちを入れる。

『俺たちは乙葉の護衛なんだからな』

『まだ眠くたってちゃんとついていくぜ』

『その代わり、ちょっと着くまで袖の中で寝させてもらうけどさ』

相変わらず頼もしい限りだ。

二人乗りの鞍《くら》はないとかで、乙葉は藤判官の前に抱きかかえられるようにして馬に乗る。

この体勢にもずいぶん慣れてきた。

路《みち》を行くと、顔の前をひらりと濃い桃色の花弁が舞う。見上げると隣家の築地塀《ついじべい》越しに、びっしりと花をつけた桃があった。

綺麗《きれい》だ。

事件解決に赴く途中に不謹慎だが、見惚《みと》れて、ほう、と息を吐く。

と、気づかれたのだろう。藤判官に聞かれた。

「花が好きか」

「あ、その、珍しかったものですから」

地獄には春の花しかない。正確には四季がない。なので人界の花でも春の花なら見慣れている。が、年中咲いている花と、その季節にだけせいいっぱい咲く花とでは勢いが違う気がする。

それに庭の造りが違う。地獄にも桃は植わっているが枝振りや、周囲の塀や壁に開けた月の形をした洞門との組み合わせが唐風で、京の都のようなふんわりした風情はない。

とつとつとそういったことを説明すると、

「逆に私は唐風の庭というものを見たことがない」

藤判官が言った。

「屏風絵《びょうぶえ》や漢詩などに描かれているものから想像するだけだ。唐の岩山など、本当にあのような切り立った山があるのかと不思議に思う」

「そういえば、こちらから見えるお山はなだらかですね」

地獄の山は針の山にしろ、死出の山にしろ、傾斜が急だ。地面に棒を刺したように、によきによきと岩山が生えている。

「地獄には、あんなふうに緑の色をした山肌がありません。岩が露出しているか、針や剣が生えていたり、ぼうぼうと火が燃えていたりしていて」

違いが面白いと思ったら、藤判官も「面白いな」と、言った。

彼は乙葉とは違い、異能を持たない。なのに時折、心を読まれているというか、同調しているように感じる時がある。

そのことが嬉しく、妙に気恥ずかしい。


くだんの邸近くまで行ってみると、確かに門から出入りする者たちがいる。

その様はとても和やかで、さすがの中主典も「お前たちはなんだ?」といきなり聞けないのだろう。少し離れた横手に皆を止め、どうしたものかと考えている。

と、怪訝そうにこちらを見た門番が奥に引っ込み、一人の精悍《せいかん》な顔立ちの青年を連れてきた。

青年はつかつかと中主典の前まで来ると、緊迫した声で呼びかけた。

「中主典殿」

「ああ、蕃案主《はんのあんじゅ》か」

中主典が、彼の通称らしき名を呼ぶ。

「何度来られても同じですよ、答えは変わりません。お邸の殿様や北の方様はご健在ですし、姫様は不在とはいえ、方違《かたたが》えで他家に移っておられるだけです」

「わかってるよ。だけどお前だって検非違使の端くれならわかるだろう。訴えがあった以上、上への報告のため、現場を見る必要がある」

中主典が、こそっと藤判官に耳打ちした。

「こいつが例の男です。ここの邸の家令の息子で、うちに出仕してる」

「見たところ、誠実そうな男だな。彼が言うなら、やはり夜盗のほうが間違いではないか？　邸の様子を見ても荒れた感じはしない」

藤判官が言った。乙葉の目から見ても、とても押し入られ、そのまま放置された邸には見えない。

「そもそも一家皆殺しになったなどという事件なら検非違使庁に報告が上がっているだろう」

「それが帳簿に記録がないんですよ。市街の巡回記録にも、一切。前日の昼とかだと、誰かが辻《つじ》の真ん中を掘り返してる、牛車が揺れるから均《なら》してくれと言われて均した、なんて馬鹿みたいな報告はあるのに」

中主典が言った。

帝からの勅命を受けて動く令外《りょうげ》の官、それが検非違使だが、お役所仕事なので、当然、業務を行えば、何月何日何をした、と報告書を書く。

「確かに当夜、巡回した者たちはいました。なのでそちらを見ましたがそんな報告はなくて」

「異常なし、と書いてあったのか」

「いえ。……そういえば変だな。報告書自体がなかった」

「また誰かがため込んでいるんでしょう。いつものことです」

蕃案主が渋い顔をした。

検非違使庁で事務を行う彼はそういった遅延によく悩まされているらしい。字を書ける者が限られているうえ、面倒臭がって書かない者も多いそうだ。

「当日の当直の者たちに聞いても知らないって言うし」

「だから、何もなかったと言っているでしょう」

蕃案主が声を荒らげる。

「その夜盗が押し入ったとかいう夜は私もこの邸にいました。最近、柄の悪い男たちがうろついているというので心配で、護衛も兼ねて父のところに泊まったんです。私が死人に見えますか？　夜盗に襲われた覚えなどありません！」

藤判官がそっと乙葉に目をやる。どうだ？　と言っているのがわかる。信頼されているのだ。あわてて乙葉は了解しているとうなずく。もう一度、念のため死に戻りの異能を使い、言う。

「嘘はついておられません」

ただ、と小さな声で答える。

「私には、この方は亡者に見えます」

ぞっとした。だって、見える範囲にいる邸の者たちは皆、死んでいるのだ。

平気な顔をして陽の下を歩き回り、和やかに歓談しているが、ふとした折に真っ青に強《こわ》張《ば》った死者特有の表情が見える。ふっと塀の陰などに立ち入った際には、その体が切り裂かれ、ぬらぬらと赤く光る血潮がへばりついているのが見える。

乙葉は青くなって、身をふるわせた。

藤判官と中主典が厳しい顔で聞いてくる。

「それは確かか？」

「でも、彼は夜盗に襲われた覚えはないと言っている。嘘は言っていないんでしょ？」

その通りだ。だからわからない。

この人たちは亡者だ。そう、地獄の民としての感覚と目が告げている。なのに彼らは自分のことを死人ではないという。そして嘘は言っていない。

（どうなっているの？）

乙葉は混乱した。自分の感覚と目が間違っているのだろうか。それとも異能のほうが？

自信がなくなり、すがれる何かを求めて目を泳がす。

その視界に、藤判官が映った。

彼は詰問していた乙葉から目をそらし、半ば呆然《ぼうぜん》として邸の一画を見ていた。乙葉は彼の視線の先を追う。

(梅の、木……?)

そこには見事な梅の木があった。少し小ぶりの可愛らしい木だ。だがその枝にはびっしりと愛らしい、満開の花がついている。立ち込める芳《かぐわ》しい香気に酩酊《めいてい》しそうだ。

「判官殿?」

「あ、いや」

何か考えるように首を傾《かし》げると、彼が言った。

「とりあえずこれ以上ここにいても答えは出ないだろう。邸の者たちの言い分は蕃案主と同じなのだろう? なら、他に今できることは隣家の者に話を聞くこと、一人生き残ったという、この邸の娘に会うことだな」

「嘘発見役の姫さんにはどちらに行ってもらいましょうか」

中主典が言った。

「方違えしてるだけって主張の生き残った姫君は、判官殿じゃないと会ってもらえませんよね。まあ、会うったってよくて御簾《みす》越し。声も聞かせてもらえるか微妙ってとこでしょうけど」

藤判官でも御簾越しに会えればいいところの姫君では、身元不明で検非違使ですらない乙葉が近づけるわけがない。声も聞かせてもらえないのでは、嘘を見分ける異能も使えない。

(ついていっても仕方がない、か)

別行動だ。

乙葉は中主典たちが行う隣近所への聞き込みについていくことにした。

隣近所の住人たちも嘘は言っていなかった。

ただし、夜盗の押し込みはあった、という。

「そらもう、えらい騒ぎで。私ら悪いけど門を固く閉ざして縮こまってましたがな。こっちに来るなーって、念じながら」

「騒がしかったのは、半刻ほどやったかな。えらい手際のええ賊で」

「そういや、騒ぎが収まってから一度、検非違使でも来てくれたのか、また、ちょっと物々しい音と声がしましたかね。あなたがたご存じないので?」

逆に、不思議そうな顔をされた。

「……うちが駆けつけたって?」

「そんな報告、ないっすよね……」

中主典は渋い顔だ。乙葉に確認してくる。

「こっちも亡者ですか？」

「いいえ。生きておられます」

亡者はあの邸の者たちだけだ。

乙葉は頭を抱えた。どちらも嘘は言っていない。なのに事実が食い違う。これはどういうことだろう。

「……とりあえず近隣の話は聞いちゃいましたから。引き上げましょう。お姫さんは邸まで送りますよ。判官殿が生き残った姫君から何か聞き出してくれてたらいいんですけど」

「え？　引き上げって、待ってください……！」

乙葉はあわてて中主典を引き留めた。確かによくわからない事件だ。事件があったのかなかったのか、それすらはっきりしない。

(だけど、あの邸にいるのは亡者だから)

ならば閻魔庁の官吏たる乙葉は放ってはおけない。なぜなら。

「あの方たち、このままでは迷ってしまいます」

すがるように言う。乙葉は人界へは逃げた亡者を捕まえるために来た。それ以外は職務外と言っていい。が、それでも今、目の前にいる、大量の亡者を見過ごせない。

「死出の山へ向かわず、十王《じゆうおう》様方の裁きも受けず、人界にとどまり続ける亡者はそのうち地獄へ降りる路を見失い、行き場をなくしてしまうんです。そうなれば輪廻《りんね》の輪に戻る意思なしとみなされて、未来永劫《えいごう》、人界をさまようことになります」

未来永劫、と、簡単に言うが、これは優しいことではない。

知る者が一人死に、二人死に、世が移り変わり。見知ったものが何もなくなっても一人、人界に居続けなくてはならないのだ。拷問に等しい。

「誰にも気づいてもらえない。ただ一人、終わりのない時を過ごさなくてはならない。それがどれだけの苦痛か。地獄の責めなど生ぬるいと言われるくらいです。そのうちに心が歪《ゆが》み、異常をきたします。悪霊落ちしてしまうのです」

すでに半月以上経っている。みすみす時を無駄にしている。

「それに先ほどの彼らには実体がありました。つまり亡者なのに無理に元の体に魂をつなぎ留めているのです。このままでは体がじわじわと腐敗します。まず内臓が腐り、それから……」

「うげえ」

「だから、昼間っからそんな話しないでください」

中主典と放免たちが嫌そうな顔をした。

「そもそもあなたの言う通りならそれはそれでいいではないですか」

「え？」

「体が腐るんでしょ？　なら、私たちは待っていればいい。体が腐れば亡者、腐らなければ生者。見分けがつきます。違いますか？」

「そういう問題ですか」

「そういう問題です」

きっぱり言われた。

「私たちだって忙しいんです。他にもいろいろ案件を抱えてますし、新たな発見が何もないなら、ここに居座って無駄な時を使う余裕はありません」

が、乙葉はなおもためらう。ここに藤判官がいてくれたらと思う。

「判官殿なら現場の判断に任せると言われますよ。私らを信頼してくださってますから」

言われてみるとそうなのかと思う。自分は素人だ。

だが、納得できない。うつむくと唇を噛《か》み締める。

中主典が、あー、もう、と髪をかきむしった。

「わからないお姫さんだなー。引き上げましょうってのは、あなたへの方便ですよ。私ら、ここから引き上げて、あなたみたいな娘さんがいると行きにくい別のところへ行きたいんですよ。だから邸まで送るって言ってるんです。蕃案主は私らにとって大事な事務方さんなんですから見捨てるわけないでしょう。ったく、閻魔庁のお人には大きな声で言えないことなのによくも言わせてくれましたね。この箱入りお姫様が」

「あ」

乙葉は顔を上げ、真っ赤になった。

中主典が賽《さい》を振る手真似《てまね》をして、鈍い乙葉にもやっとわかった。

彼らがこれから向かうのは、非合法の賭けが行われる賭場だ。破落戸《ごろつき》たちが出入りする場所。

邸を襲ったのが夜盗なら、彼らが出入りしそうなところに行ってみよう。そちらから本当に襲撃事件があったか探ってみよう。そう中主典は言っているのだ。

これは確かに乙葉がいては邪魔だ。

(恥ずかしいっ。ただでさえ、ここから判官殿の邸まで徒歩《かち》で送り迎えをさせれば時を食うのに。私がぐずったからよけいな手間までかけさせて)

乙葉はあわてて頭を下げた。謝る。

「あの、そういうことでしたら一人で戻れますから。よけいなお手間はとらせられません」

足手まといになる気はない。

今日の乙葉はしっかり馬上から町並みを見ていた。帰り路ならわかる。それに。

「頼もしい護衛もいますから」

聞き取り相手に怖がられないように、袂に隠れていてもらった火の玉たちを示す。

『おう、任せとけって』

『乙葉には俺たちがついてる』

『検非違使の兄貴たちは安心してご自分の仕事をしてくだせえ』

いつの間にか仲よくなって、皆を「兄貴」と呼ぶ火の玉たちが、頼もしく胸を張る。

「……そういうことなら。任せましょうか」

中主典が許可をくれて、別行動をとることになった。

不謹慎だが、緊張するのと同時に興奮する。

(すごい。一人歩きなんてこちらに来て初めて)

そもそも徒歩自体も初めてだ。いつも藤判官の馬に同乗していたから。

あまりの新鮮さにくらくらとめまいがして、自分でもこれはどうなのと思う。

(地獄ではいつも一人で刑場や倉庫を走り回っていたのに。この半月と少しで大事にされすぎて、かなりの箱入り娘になった気が)

確かに乙葉は人界のことをよく知らない。一人にするのはどうかと迷う皆の気持ちもわかる。だが裳着《もぎ》も済ませた娘がここまで甘えていいのかと思う。

(ちょうどいいから、この帰り路で一人でも大丈夫ということを皆さんにお見せしよう。

帰り路から外れない範囲で、放免の皆さんたちと一緒では聞き取りもはばかられた人たち

に、あのお邸の噂《うわさ》を何か聞いていないか、聞きながら帰ろう）

迷子にならない範囲で、自活できると示さなくては。

（いつまでも甘えてはいられないもの。いつかは一人で市街の探索をしなくてはならないから）

それが今日になっただけの話だ。そう決意した乙葉は、賭場に向かう中主典たちを笑顔で送り出した。それから体の向きを変え、足を踏み出す。

そうして。

自分の受け持ちの戦場へと果敢にも歩み出した乙葉は、前方へと注意を向けるあまりか、くだんの邸の門陰から見つめる誰かの目には気づくことができなかったのだった——。


「……ここは、どこ」

検非違使の面々と邸の前で別れてから半刻《はんとき》後。道々、聞き取りをしなくては。そう決意し、踏み出した乙葉だが、なんと迷子になっていた。

「路は碁盤目《ごばんめ》になっているから迷うはずないのに。地獄と違って一層しかないし」

なのに何人かと一緒に歩きながら話を聞いているうちに、迷った。もはやどこにいるかさえわからない。藤判官の邸どころか、皆と別れた邸まで戻ることも不可能だ。

袂から心配そうに火の玉たちが顔を出した。

『乙葉ー、大丈夫か？』

『俺たちが飛んで空から路を見てきてやろうか？』

「ありがとう。でも目立つから」

帝も住まう都だけあって人の往来がけっこうある。真昼間から火の玉が宙を飛べば、誰かが見つけて陰陽師を呼んでしまうかもしれない。乙葉の滞在は非公式の秘密なのだ。ばれれば藤判官にまで迷惑をかけてしまう。

「大丈夫。路はつながってるから、歩いていればいつかはどこかに着くはず。私は体力にだけは自信あるから」

一生懸命、歩く。

人界の姫君たちとは違い、乙葉は地獄で育った。女人が外を出歩くことに制限はないし、何より乙葉は閻魔庁に出仕した官吏だ。備品の在庫確認に険しい坂や山の多い地獄を駆けずり回っている。足腰は鍛えられている。

そう思った。が、甘かった。人界は緊張の度合いが地獄とは全然、違う。

ここには鬼や亡者の代わりに生きた人が満ちている。ずいぶん克服したが、乙葉は幼い頃の体験のせいで人が怖い。しかも正体をばらせないから常に言動に気を配らなくてはならない。

その気疲れで、いつも以上に体力を消耗してしまったのだ。

乙葉はいつしか足を引きずり出し、一歩も歩けなくなってしまう。

火の玉たちが再び袂から顔を出した。

『乙葉、最終手段だ』

『もう夕暮れ時だし、夕陽に紛れたら見つからないって』

『なるべく火力落として目立たないように飛ぶから。で、兄貴たちを探してくるよ。乙葉はもう歩けないだろ。ちょっとここで待ってろ』

「……ごめんなさい。お願いしていい？」

三兄弟は一組の生命体だ。一体だけ離れることはできない。行くなら三体一緒だ。

火の玉たちを送り出し、通行の邪魔にならないようにと、乙葉は手近の路地に入った。

痛む足をかばい、塀の傍にしゃがみ込む。情けないが、迷子の鉄則はその場から動かないことだ。

火の玉たちの帰還を待って、日暮れてきた空を見上げる。

心細さと情けなさでくしゃりと顔を歪めた時、声をかけられた。

「どうした、こんなところで」

「足でも痛めたのか？」

影が上から差して、男が二人、乙葉の逃げ場を塞ぐように覗《のぞ》き込んでくる。

「俺が家まで送ってやろうか?」

嘘だ。

親切めかしているが乙葉にはわかる。

「だ、大丈夫です」

あわてて立ち上がり、背を向けようとしたところで腕を取られた。

「人の親切は無にしないもんだぜ」

ぐっと力を込められて、肌が粟立《あわだ》った。人界に来てからはいつも藤判官や放免たちといた。護《まも》られていたから、こんな害意を向けられることを忘れかけていた。

「は、離してください」

がちがちふるえながら言おうとする。が、声が出ない。そのまま抱きかかえられるようにして、連れていかれそうになる。

その時だった。

「ちょいと、うちの裏手で何をしてるんだいっ」

声がして、路の横手につけられた木戸から恰幅《かっぷく》のいい女が顔を出した。

「あんたら、どっかで見た顔だね。ならあたしの顔も知ってるね。うちの唐変木の職が何かも知らないわけないよね」

すごむと、男たちは女の知り合いだったらしい。

「うわあ、あの親父の奥だ」

「ばれたら金を巻き上げられるぞ、逃げろ」

と、乙葉を放り出して駆け去っていった。

「あ、ありがとうございます」

「ったく。こんな身なりのいい姫様が一人で出歩くもんじゃないよ。さらってくれというようなもんじゃないか。あーあ、せっかくの衣に泥がついてるよ」

言って、女がその場にへたり込んだ乙葉の衣から、土埃《つちぼこり》を払ってくれる。

「立てるかい？　って、無理そうだね。うちはここなんだ、少し休んでいきな」

恥ずかしいが、まだがくがく足がふるえて満足に歩けない。外にいて、また誰かに絡まれては困る。乙葉は女の言葉に甘えてお邪魔することにした。

（庭先にいれば、空から来る火の玉たちには見えるし）

中に入ると、女の邸は、藤判官の邸ほどではないが、周囲を檜垣《ひがき》で囲ったしっかりした造りだった。小綺麗に整えられていて住み心地がよさそうだ。

広い裏手の庭には、仕立て業でもやっているのだろうか。もう夕刻だというのに、糸を抜いてばらした衣が何枚も干されて、井戸端では端女《はしため》たちが洗い物をしている。

というより、この女主人らしき女も洗い物をしていたようだ。袖をたすきがけにして、裾もはしょっている。

「忙しいところをお邪魔してごめんなさい」

急いで謝ると、笑い飛ばされた。

「違うよ、これは家業じゃなくて、うちの男衆のだよ。ちょっと数が多いけどね。うちは代々、学問の家系なんだ。明法家《みょうぼうか》ってわかるかい？」

ざっくばらんな話し方だが、この家は代々、朝廷の官吏を務める家柄で、弟子や配下の男たちが多いのだそうだ。

彼女は家娘で、父親の弟子の中から優秀な遠縁の男を婿にしたらしい。父親はとっくに引退したが、いまだに邸の実権は彼女が握っているのだとか。

「ま、そういうことだから。路を見失ったっていうなら、うちのが帰ってきたら送ってもらうよ。仕事柄、顔は広いんだ。あんたが身を寄せてるって邸もきっと知ってるよ」

そこへ衣をかかえた端女がやってくる。

「やはり何度洗っても染みが取れません」

「仕方がないね。ばらして染め直すしかないか。放免の衣は上が赤だから、白の下《した》穿《ば》き分には使えなくても、単か褐衣《かちえ》には使えるだろ」

放免？　乙葉が不思議そうな顔をしたのがわかったのだろう。女が言った。

「うちのが検非違使庁のお役人をしてるてね。ま、下の者の面倒を見る必要もあるのさ」

前に聞いた、富貴なる者の役目というものだろう。

（では、このお邸の主《あるじ》様は判官殿や中主典殿のご同僚？）

奇遇だ。だがそうなると、藤判官の邸まで送ってもらうのはまずい。

（私が届けもなく人界にいるのは、判官殿や中主典殿たち、一部の人たちだけの秘密だから）

困った。乙葉は逃げ出す隙を求めてじりじり後ずさる。

女はそれには気づかず、布地の染みを確かめつつ言った。

「職業柄、仕方ないっちゃ仕方ないんだけど。困ったねえ。この染み、先月の夜のなんだよ。押し込みがあったとかで、皆、血だらけになって帰ってきてね」

「先月の、夜……？」

乙葉の足が止まる。それは例の邸に夜盗の押し込みがあった頃では。

衣を見せてもらおうと足を踏み込んだ時、ふと、女の向こうに満開の花木があるのが目に入った。

「あの花は」

「ああ、桃だね」

女が目を細める。

「うちは女の子はいないけど、俺にとっちゃお前がお姫様だからって、うちの人が植えてくれたんだ。優しいだろ？　満開だ。もう弥生《やよい》も半ばだもんねえ。ついこの間まで冬だと思ってたのに。月日の経つのはほんと早いよ」

何かが引っかかる。

そういえば初めて井戸から顔を出した時にも花が薫っていた。

(あれは、梅だった……)

あれから、半月と少し。

確か人界の季節は移り変わるのではなかったか。

「……梅は、梅の花は咲いていないのですか」

「え？　いや、まあ、うちにも梅はあるけど」

もうとっくに散ってるよ、と女が示した方向には、茶の花がらが残った枝があった。

(もしかして、判官殿は)

あの邸で、咲き誇る梅の花を見ていた。それに、背を斬られたのに、命を取り留めた姫の話。自覚のない亡者たち。父との日々を忘れて乙葉を産んだ母のこと。

その時、乙葉の中ですべてがつながった。

(ああ、そうか。私が読めるのはあくまで、〈感情〉で、〈真実〉じゃない)

自分の力を過信して、周囲を見られていなかった。

(きっともう、判官殿は気づいておられる。気づいて姫君に会いに行かれた)

邸の謎が、解けたかもしれない。

「あ、うちのが帰ったみたいだよ」

女が言って、乙葉は振り返ろうとした。その前に苦み走った男の声が聞こえた。

「おおい、うちの可愛い姫様や、今夜はまた出るから夕餉《ゆうげ》の支度はなしでいいぞ。その代わり戸締まりはきちんと……。って、うわあ、なんであなたがいるんです！」

そこにいたのは中主典だった。

隣では女が「あんた？　どうしたの」と怪訝な顔をしている。

どうやら女は中主典の妻で、ここは彼の邸だったようだ。

ちょうどいい。乙葉は彼に頼んだ。

「判官殿のところへ、連れていってください……！」


その翌日のことだった。

一台の牛車が、人目を避けるように夜盗が出たという邸に滑り込む。満面の笑みで邸の者たちが出迎えた。

「姫様！」

「よくぞお戻りに！」

乗っているのは、夜盗に斬られ、縁者の邸で療養中だったという姫君だ。同乗している縁者の邸の女房が、出迎えた邸の者たちを見て、驚いた顔をしている。

皆、ようやくの姫君の帰還に涙を流さんばかりだ。姫君が牛車から降りるのを待ちきれないとばかりに駆け寄っているのは、この邸の主、姫君の父親だろうか。

それを見るとこの家の主従の皆が、愛し愛され、慕い慕われ、仲のよい一家なのだということがよくわかる。

乙葉は、徒歩で付き従った姫君のお付きとして、護衛の藤判官と共に邸に入った。

そして、その傍らでは。

姫君を邸の者たちと共に出迎えた蕃案主が、泣き出しそうな哀《かな》しい顔をしていた。

あれから。昨日の迷子騒ぎの後のこと。

乙葉は藤判官と合流して言ったのだ。自分が気づいたことを。

「この衣を見てください」

と、中主典の妻の邸で見つけた、血の染みがある衣を見せながら。

中主典の邸には、事件の夜、当直で市中の見回りをした放免、人数分の汚れた衣があった。それを見て、一人生き残った姫君との面会を終えていた藤判官も言ったのだ。

「……あの姫君は、そなたの母君と同じかもしれない」

それから、蕃案主を藤判官の邸まで呼び出して、問いただした。

蕃案主はまた言葉を渋ったが、それには中主典が渋い顔を向けた。

「今日の昼、このお姫さんを迷子にしたのはお前だな」

乙葉が迷子になった件だが、実は中主典は護衛に放免を一人つけてくれていたらしい。

「いくら私でも世間知らずのお姫さんを一人で都に放り出したりしませんよ」

ところが乙葉は迷子になった。

「護衛を任せた奴《やつ》に聞いたら、お前が代わると言ったそうだな。ちょうど仕事で検非違使庁に戻るからついでだと言って。……なのになぜ、姫さんは一人でほっぽり出されたんだ」

「そ、それは離れてついていったら、見失って。妙な男だと思われてまかれたみたいで」

「このおっとりした姫さんに大の男をまけるだけの悪知恵があるわけないだろう！　お前、薄々気づいてるんじゃないか。事情がわからないままでも検非違使が何度もやってきて夜盗のことを聞くんだ。疑問を持って当然だろう。で、お前は心配したんじゃないか？　もし俺たちの言うことが本当なら、一人、生き残った姫はどうなるのかって」

起こっている不可思議な現象。真実はわからないままだが、それでも「もしや」と思った。

「それで、かばおうとしたんだろ？　だから検非違使仲間にも喧嘩《けんか》腰《ごし》で突っかかってくる。そのうえ今日は、話す言葉が嘘か否かの見極めがつくこのお姫さんを連れてきた。だからお前は焦って、姫君と邸の者たちを護るために排除しようとしたんだろ」

相手は同じ職場の上役だ。だからだろう。泣きそうな顔で放免たちも聞いた。

「襲撃は、あったんじゃないっすか、蕃案主様」

「そしてあんたは死んだんだ。あの夜、あんただけじゃなく、あの邸にいる姫君以外の者、皆が。いや、姫君すら、一度は死んだ」

死に戻り、だ。

まだ死すべき定めではないのに仮死状態に陥り、魂のみが界《さかい》を越えた時、現世に戻る際に天帝より異能を一つ賜ることがある。

過酷な体験をした彼らが、死んで生き返った忌み人だと排斥されないように、目覚めた時にその者が最も願ったことを実現できる力を異能として与えられる。

姫君が当日、方違えに行く予定だったのは本当だろう。

ただ、出かける前に襲われた。

邸の者たちも死んだ。

夜盗が去った後、遅れて駆けつけた中主典たちは、傷を負ったが息のあった姫君を縁者の家へ送り届け、汚れた衣を着替えに邸に戻った。翌朝にはその日の出来事を記した報告書を提出した。逃げおおせた夜盗も盗んだものを仲買人の手に渡したのだろう。

その間、生死の狭間《はざま》をさまよっていた姫君は、一度、命を落としたのだ。厳密には魂のみが黄泉《よみ》へ降り、仮死状態になった。

そして再び目覚めた姫君は願ったのではないか。邸の皆が殺されたことを知り、哀しみと共に叫んだのでは。


あの夜、邸であったことはなかったことに。

すべてを元の通りにして、と。


だからあの邸の時は、あの夜以前に遡り、止まった。

天帝より授かった異能の力で、姫君の願いは現実となった。

梅は花を咲かせ続け、邸に住む者たちは自身が死んだ記憶を失い、蘇《よみがえ》った。姫君がいないのは方違えに行ったからだと思い込み、亡者でありながら己の死した体に取り憑《つ》き、いつも通りの暮らしを始めた。

あの夜、あの邸にいた中主典たちも姫君の異能の下に置かれた。襲撃の後処理をした記憶を失い、血に汚れた衣だけが残された。市ではすでに仲買人の手に渡っていた盗品が売られた。

そして姫君は己で己の記憶を消したのだ。

思い出したくなかったから。襲撃自体をなかったことにした。すべては悪夢だったのだと、覚めない夢の中に封じ込めた。

乙葉が誰も嘘はついていないと判じたのは、そのためだ。

本人がそれを嘘だと感じていなければ、乙葉も嘘だとはわからない。

それらを話して聞かせると、蕃案主は最初、否定した。だが説得した。

「それは本当に姫君のためになるでしょうか。邸の皆が亡者なら、姫君の父君も母君も、皆が未来永劫、さまようことになります」

そもそも、いずれ夢は覚めるのだ。あの夜のまま時を止めたのなら、邸の皆は歳をとらない。夢と現実の齟齬《そご》は大きく開いていく。

傷が癒え、知人宅から戻った姫君はそれを見てどう感じる？

すべてを思い出し、自分の我儘《わがまま》で皆の魂を迷わせたことを悔いるのではないか？

それを聞いて、蕃案主は確かめると言った。

「私が、確かめます」

姫君のために。彼女一人に時を止めた罪を負わせるわけにはいかないからと。辛《つら》い現実を告げ、前を向いて歩けるようにと背を押す決心をした。

「――姫様、どうか私の話をお聞きください」

聞くほうが切なくなるような声で、牛車の傍らに膝をついた蕃案主が言う。

牛車の簾《すだれ》の向こうで、身を揺らす気配がした。

「姫様……。私には近隣の者が夜盗が押し入ったと言う夜から二日分の記憶がありません。ちょうどあなたが意識を取り戻されるまでの記憶が」

なのに検非違使庁に出勤すると「久しぶり」と言われ、提出された日誌には、邸に夜盗が押し入ったと書かれていた。動揺してその部分は破り捨てた。が、混乱した。

「いつの間にか二日経っていて、私たちは死んだと報告されていました」

彼は訊ねる。

「私は、亡者なのですか?」

「そんなはずはないわ!」

姫君が鋭く遮る。

「私は怪我《けが》をし、療養にはこちらの方角がよいと陰陽師に薦められ、叔父様《おじ》の邸にお世話になっていただけです。夜盗のことなど知りません」

「では、その傷はいつ負われたものですか?」

姫君は答えられない。

「こちらの邸におられる時、姫様に傷などありませんでした。私どもが大切にお守りしておりましたから」

乙葉のいる位置からは、牛車の簾の向こうで唇に手を当て、必死に考えている姫君の姿が見える。

「私は、私は……」

記憶が混乱している、いや、忘れたいと願ったことだから、心が思い出すことを拒否しているのだ。姫君には自分が異能を使ったという自覚はないから。

姫君は認めたくなかったのだ。

自分だけが蘇った。その罪の意識から、授かった異能で邸の皆の魂をここに引き留めた。

「もうわかっておられるでしょう？　私たちはもう死んでいます」

蕃案主が絞り出すように言った。

姫君の瞳からはらはらと涙がこぼれ落ちるのが、簾越しにでもわかった。

「認めた、のか」

「ああ。みたいだ」

放免たちが小さく囁《ささや》き合う。

その涙は、幸せな夢との決別の証《あかし》。

姫君はあの夜あったことを思い出した。そして納得した。いくら願っても、起こってしまったことは元には戻せない。失われた命は戻らないし、夢はいつかは覚める。現実に戻らないといけないということを。

その瞬間、異能が解けた。

邸に血飛沫《ちしぶき》が舞い、梅は散り、うち捨てられた廃墟《はいきょ》に変わる。邸の者たちの体からは魂が抜け、皆、バタバタとその場に倒れる。亡者となって死出の山へと旅立っていく。中主典たちの記憶に空いた穴も塞がっていく。

それは季節外れの野分が、必死に咲いていた花垣を薙《な》ぎ倒していったかのようだった。

そして。

生の息吹《いぶき》の一つもしない寂しい邸に、牛車が一つ残された。

中では一人残された姫君がすすり泣いている。

一気に花を散らし、それでも新たな芽をつけようとしている梅の木が哀れだった。

放免たちがぽつりと言った。

「これから姫君は一人で生きてかなきゃいけないんっすね」

「かわいそうに……」

「いいえ」

と、乙葉は牛車の傍らを見た。

そこには、亡者が一人だけ残っていた。

姫君には見えないが、生前は蕃案主だった者が、気遣う目で彼女を見つめている。

この世に未練を残し、輪廻の輪から外れる罪を犯してまで、一人残される大切な主家の姫君を見守ろうとしている。

(ああなれば終わりなのに。未来永劫、惑うことになるのに)

それでも彼は残ると決めた顔を、乙葉のほうへ向ける。見逃してください、と。姫君の幸せを見届けたいのだと。

彼が残ったところで、姫君には彼の姿は見えない。言葉も交わせない。

何より、姫君もやがては寿命を迎え、死出の山へ向かう。そうして彼女が輪廻転生の輪へと戻り、邸の皆と合流しても、今、死出の旅を拒否した蓄案主は後を追えない。逝く路を見失ったまま、人界をさまようことになる。

永劫に、ただ一人で。知る者が誰もいなくなった後も。

彼は、それでもいいと言っている。

その想《おも》いの源にあるのはなんだろう。

恋？　忠誠心？

乙葉にはどうしようもできない。選んだのは彼だ。

静かに頭を下げる、彼の姿が切なかった。

3

夜の風が吹く。

桃の花が咲く庭先に、首がもげかけた恐ろしい外見ながら、愛らしく尾をふる犬がいる。

乙葉はその頭をなでると、背に帯を結わえ、畳んだ文をそっと差し込んだ。

「お願いね」

頼むと、犬は、わん、と頼もしげに鳴いて、地獄へと向かっていった。

それを見送っていると、声がした。

「何をしているのだ」

「お使いを、頼みました」

藤判官だ。今夜は断りきれない宴があると邸を留守にしていたが、戻ってきたらしい。

夜の庭を背景に、簀の子に佇《たたず》む姿はとても凜々《りり》しかった。

月の光が綾絹《あやぎぬ》の直衣《のうし》を濡《ぬ》れたように照らし、彼の姿を春の闇に浮かび上がらせている。

静かな雰囲気を持つ彼には、夜がとてもよく似合った。この人のことを怖いなどと思った最初の頃が嘘のようだ。ただただ目が惹《ひ》き寄せられる。

少し見惚れてから、先ほどの行為に注釈をつける。

「今夜は七日に一度の裁きに出るため、次郎丸が地獄へ赴く日ですから」

次郎丸は人界に来て初めて検非違使たちと臨場した事件で知り合った、犬の亡者だ。主から暇《いとま》を告げられ、無事、地獄へ降りたのだが、地獄の裁きは最終的な判決が出るまでに四十九日もかかる。その間、次郎丸が自分を可愛がってくれた女童《めのわらわ》の波多に会いたいと人界を訪れたのを知り、お使いを頼んだのだ。

「地獄の閻魔庁にある厨《くりや》の女将《おかみ》、馬頭鬼《めずき》の馬姐様《ばねえさま》まで文使いをお願いしました。……あの邸の亡者のことが少し気になったので」

裁きの場へ赴くのが遅くなったのは、彼らの罪ではなく、他の者に引き留められていたからだ。それがきちんと伝わっているか気になった。

(それに、あの傷)

姫君の異能が解け、皆が亡者にと変わった瞬間に、乙葉は見たのだ。最期に一目と、娘の乗る牛車に駆け寄った邸の主の首に、大きな裂け目があるのを。

(あれは刀傷ではなかった。獣に喰いつかれた時にできる、裂傷だった)

主の他にはそんな傷を負った者はいなかった。

あの邸を襲った夜盗はまだ捕まっていない。なので彼らが襲撃にどんな得物を使ったかはわからない。だがそれでも気になったのだ。

地獄にある鬼籍には死因も記される。馬姐さんには、それを見てほしいと頼んだ。

「それと、もうずいぶん長くお勤めを休んでいますから、気になって」

義母は閻魔庁に話を通したようなことを言っていた。が、ありもしないことを言われるのはよくあることだ。なのできちんと休暇願が出ているか心配になった。

「そうか、ご実家への文か……」

実家へ、ではないのだが、特に直さなかった。

「そなたも早く役目とやらを終えて帰らなくてはならないか。待つ人がいる」

「……待つ人など、いません」

真正面から言われて、少し、拗《す》ねた気分になった。

本当はわかっている。義母が人界への使いを命じたのは、乙葉を邸から追い出したかったから、ただそれだけだということが。

乙葉と桃華《とうか》は姉妹だ。宿ったのは桃華のほうが先だが、生まれるのは乙葉のほうが早かった。人の身籠もり期間が鬼よりも短いからだが、同年生まれでも乙葉が、姉、ということになる。

乙葉も桃華も、次の新年で十五歳になる。

そろそろ婿取りを考えなくてはならない年齢だ。

美しい桃華には引きも切らない縁談がある。が、当然のことながら、人である乙葉を欲しいという鬼はいない。

（妹が婿を迎える同じ邸に、行き遅れの姉がいては外聞が悪い。そういうこと）

義母の本音は、乙葉がこのまま人界から戻らなければいい、といったところだろう。

積極的に害したいと思っているわけではない。が、結果的にそうなっても構わないと思っている。

家族に、そんなふうに思われる自分。

「……うまくいかないものですね。人の運命とは」

相手にずっと一緒にいてほしい、そう願う仲のよい家族もいるのに、そういう一家に限って夜盗に襲われ、引き裂かれる。

（そして私のようないらない娘が生き残る……）

誰にも望まれていないのなら、惜しまれる命と替わることができれば、少しは感謝されるかもしれないのに。

そう考えて、乙葉は蕃案主のことを思った。きっと今この時も姫君のことを見守っているだろう彼もまた、他の命と替えてでも姫君を生かしたいと願うだろうか。

乙葉は言った。

「……私の母は、死に戻りの異能で父のことを忘れた後に、婿を迎えたそうです」

土牢にいた時、雑色たちの噂話で聞かされた。

母は父のことを覚えていない。だから仕方がない。そう思っても、少し寂しかったのは事実だ。

「人の心は変わります。己の想いを忘れることができなくとも、触れられない遠い人より身近な相手を取ることだってあります。あの姫君の幸せを願うなら、家族を失った心の傷を癒やしてくれる、誰か別の人の手を取ってほしい、そう思わないといけないのでしょうけど、複雑です」

いずれはあの姫君も立ち直り、婿を取るかもしれない。それを喜ぶべきなのに、乙葉は素直にそれを願えない。

かといって姫君が幸せになりたいと願うことを止めるわけにはいかない。悲惨な目に遭った姫君だ。彼女には幸せになってほしい、そう思う心もまた乙葉の真実だ。嘘ではない。

誰にとっても幸せな、人生とその終わり。

それを願いたいのに無理な時は無理なのだ。そんな時、その場に居合わせた者はどうすればいいのだろう。

「あの時、どうすればよかったのか。私にはいまだにわかりません。私には家族の愛も、男女の恋心も、遠い存在ですので」

来世の命をかけてまでの想い。そんな激しい感情を乙葉は知らない。

彼らが本当に望む結末を、察することができない。

姫君の異能を見逃し、偽りの幸せを送らせたほうがよかったのか。蕃案主が最後に、こちらに怨《うら》みの目を向けてこなかったことが、よけいに心苦しい。

「恋も母の情にも縁がない。なら、私と同じだな」

言って、藤判官が、歌を吟《ぎん》じた。

「泣く涙雨と降らなむわたり川　水まさりなばかへりくるがに」

恋の歌だった。愛する人が死んだ。私の嘆きの涙で三途の川の水かさが増えれば、川を渡れず、彼女は戻ってきてくれるのではないか、と詠んだ歌。思わず聞きほれる。

「……お上手、なのですね。驚きました」

「これはそなたの父上の歌だ」

「え」

あの父が作った歌？

謹厳実直を絵に描いた厳《いか》つい顔を思い出して、思わず顔が強張る。

くすり、と彼が笑った。

「……どうやら篁《たかむら》殿は家族の前では歌才を披露なさったりはしなかったようだな」

「その、父とは別棟で暮らしていましたので」

聞く機会がなかった。

「地獄では歌も漢詩が主流なのです。閻魔王様や十王様方が宴で余興に吟じられるのも漢詩ですし、獄卒たちも和歌を口にするより剣舞を舞うほうが得意ですし」

「……では、和歌には慣れていないか」

「え？」

「私もだ。付き合いで歌を詠むこともあるが、それだけだ。だからだろうな。人の心の機微が今一つわからない。そなたの言う家族のこともだ」

それは、家族、と不仲だから？

乙葉はこの邸に滞在して半月以上経つ。が、藤判官のもとへは一度、母君が訪ねてきただけだ。父や兄弟といった親族から文が来るのも見たことがない。そして彼もまた、最小限のことしか話さない。

〈家族〉の匂いのしない邸を見る。ただ、寝起きするためだけに帰る。そのためだけの邸は、豪華だけれども、どこか寂しく感じた。

「……似ているのかも、しれませんね。私たち」

言って、はっと口を押さえる。ただの人の身である自分が、地獄でこんなことを言ってしまえば不快な顔をされる。反射的に、びくり、と身をすくめる。

だが彼は何も言わなかった。

乙葉の髪に舞い落ちた桃の花弁を、そっと取ってくれただけだった。

何気ない仕草だ。だが、「私もそうだ」と言ってくれているのが濃く感じ取れて。

乙葉の心がじんっと痺《しび》れた。

冷たい水を扱って、冷えきったところに熱い炎に照らされた時のように。それから、じわじわと温《ぬく》もりが広がっていく。

「せっかく人界へ来ているのだ。歌を知って戻るといい」

言って、彼が櫃《ひつ》を探って、父の歌が載っているという歌集を探してくれる。

「土産に献上しよう。父君との話のきっかけにはなるだろう。私はもうそらんじているから」

詠じ方を教えようと、中からよさそうなものを選んで、藤判官が上の句を口にする。乙葉は急いで歌集を受け取り、応えるように下の句を続けて読む。

「わたの原八十島《やそしま》かけてこぎいでぬと」

「人には告げよあまのつり舟」

なんだか自分が貴族の姫君として歌を詠んでいるような、美しい恋の宮廷絵巻の中にいるような気分になってくる。

乙葉が怯《おび》えないように気を使ってくれているのか、彼が優しい歌ばかりを選んでくれる。

だんだん胸が切なくなってきた。

彼はあくまで乙葉をただの人として扱ってくれる。いずれは地獄に帰らなくてはならないのに、文字通り住む世界が違うことが悲しくなる。

（判官殿が、逃げた亡者だったらよかったのに。なら、共に地獄へ帰ることができたの

に）

そう考えてあわてて顔を振る。

藤判官はまだ若い。中主典や放免たち、それに爺たち。彼を慕う人はたくさんいる。自分の我儘で奪うわけにはいかない。

そんな乙葉を見て、冬継は思った。

（この娘は人として生まれながら、根本で人を信じていないのだな）

だから、自然に、「地獄へ戻る」という考えになる。せっかく人の世界に戻ってきたのに、とどまろうとは考えもしない。

その生い立ちを思えば無理もないことだろう。母に捨てられ、祖父母や仕える者から見向きもされなかった。

だから彼女は迎えに来た父の手を取った。人の世界を捨てた。義母に疎まれようと、人の身で暮らす異界が肩身が狭かろうと、地獄を出たいとは思わない。

彼女にとっての地獄は、人の世のほうなのだ。

自分も母とはうまくいっていない。だから人のことは言えない。だがもどかしくなった。

この幸薄い少女に居場所を与えたい、地獄から引き戻したい、そう願った。

自分に心などない。そう思っていた。だがないと思っていた何かが、この幸薄い娘を見ると蠢《うごめ》き出す。ごとりと動く。

歌にある男女の情ではない。だが優しい何かだ。ただ純粋にこの娘が自分のもとに来てくれたことに、出会えたことに感謝したいと思う。

だから彼女にも少しでもいい、人も捨てたものではないと、信じてほしいと思った。

だから〈藤原冬継〉のことを打ち明けようと思った。

今より長くいれば優しい彼女のことだ。情を移す。そのうえで己が捕らえるべき亡者が冬継だと知ればきっと悩む。そんな真似はさせられない。

このままここにいたいと心の底から思う。もっと彼女のことを知りたいし、一緒にいたいと思う。自分が実は人に興味があるのだとも知った。名残惜しい人たちができている。一人、この世を去るのは辛い。だがこれ以上、彼女を傷つけたくなかった。

だから、言った。

「乙葉」

はい、と彼女が顔を上げる。その瞳を捉えて言う。

「実は、そなたが探している亡者のことだが……」

告白しようとした。その時だった。

突然、胸に鋭い痛みが走った。耐えきれない。

「ぐっ」

うめきをあげ、胸を押さえる。がたりと脇息を倒す音がしたのを、遠いことのように聞く。

「じ、判官殿⁉」

乙葉が、「誰か、判官殿がっ」と叫んでいる。

それを聞きつつも立ち上がれない。大丈夫だ、心配せずともよい、そう言いたいのに言葉が出ない。

(なんだ、これは)

経験したことのない痛みは、話に聞く心の臓の病とも違うと感じた。

冬継の脳裏に、乙葉の言葉が浮かぶ。

「亡者は死者ですから。当然、体はもう死んでいます。再び魂が宿り、動かしたとしても、腐敗は止められないのです」

(まさかこれが⁉)

胸をかきむしり、もだえていると爺が駆けつけた。

その後ろには見知った宮家の従者がいた。

「と、藤判官殿っ、そんな、あなた様までっ」

蒼白《そうはく》になった彼が叫ぶ。そのまま続けられた言葉を聞いて、冬継は息が止まるかと思った。

梅宮もまた、倒れたというのだ。

呪詛を受けたらしい——。

第三話

死に戻りの貴公子と、呪殺の宴

1

（自分の体とは思えぬ。鉛のように重い……）

床に伏した梅宮《うめのみや》は、己の自由にならない体に歯嚙《はが》みをしていた。

身重の妃《きさき》に心配をかけるわけにはいかない。そう思い、今まで誰にも話さずに来た。だが、もはや人前で平静を取り繕うこともできないまでに四肢が萎《な》えている。

（私は、このまま死ぬのか？）

妃を、まだ見ぬ胎《はら》の子を遺して？

ぞっとした。身を起こそうとあがいた時、女房が人の訪れを告げた。

「藤判官《とうのじょう》殿が来ておられます」

人と会うなどとんでもない。そう拒絶しようとして宮はためらった。

前に会った時に、夢見が悪いと表情のすぐれなかった、実の兄以上に親しい相手の顔を思い出したのだ。

（まさか、そなたも……？）

確かめなくては。

なぜなら、彼は……。

苦しい息の下で、宮は「通せ」と命じた。


「……宮様にお会いしてきた」

帰宅した藤判官が、乙葉《おとは》に言った。

外から戻ったばかりでまだ衣も替えていない。憔悴《しょうすい》しきった顔だった。

「頑《かたく》なに、御簾《みす》越しにしかお会いしてくださらなかったが、ただごとではなかった。お声すらが掠《かす》れ、身を起こすこともできずにおられた」

駆けつけた薬師《くすし》も首をひねるばかりで、これはただの病ではない、呪詛《じゅそ》としか思えないと言うそうだ。

「なのにこちらのことばかり心配なさって」

と、彼は辛《つら》そうな顔で言うが、乙葉は正直、別のことで頭がいっぱいだ。彼が言う〈宮様〉のことも気になるが、何より藤判官の体が気になって仕方がない。

何しろ一度、目の前で倒れられたのだ。

すぐに己のふるえを抑え、宮邸から来た使いと会い、一緒に出かけていったが。

（あの苦しみ方、尋常ではなかった……）

なのに戻ってきた彼は、私は大丈夫だといい、あの時のことには触れてほしくなさそうにする。それどころか、乙葉に、「宮様の邸《やしき》を一度、見てくれないか」と言う。

(見るくらいいくらでも見ますから、判官《じよう》殿こそ薬師を呼ぶなりなさってください！)

そう胸の内で懇願した時だった。

「こんちゃー、姫さんいるかい？」

中主典《ちゆうのだいさかん》がやってきた。相変わらず勝手に庭から回ってきたのだろう。大量の紙が入った平箱を抱えた彼は、階《きざはし》の下からこちらを見上げていた。

「姫さんに昨日の分の報告、口述筆記してもらいたくて紙を持ってきたんですけど、また何か怪異騒ぎでもあったんですか？　邸を見てもらいたいって」

「口述、筆記……？」

藤判官が怪訝《けげん》そうな顔をする。彼には話していないが、一度、中主典が忙しい、忙しいと言うのを見かねて日々の報告を代筆した。以来、毎度回されるようになったのだ。

中主典は藤判官が倒れたことを知らない。

都事情には早耳な彼だけに、宮の不調を耳にはしたらしい。が、自分には関係のない雲の上のことと割りきっているらしく、へらっ、としたいつもの表情を崩さない。

「宮様ったらあれでしょ、判官殿の乳兄弟の方でしょ。政争のごたごた疲れですか？　上の方もいろいろあって大変ですねえ。でも、ま、それが上のお仕事ったらお仕事ですから。私ら下々の前でまで難しい話はしないでくださいよ。中食《ちゅうじき》がまずくなるでしょ。判官殿のとこ今朝、山魚《やまめ》のいいのを仕入れたとかで、私、塩をかけた炙《あぶ》りを楽しみにしてるんですから」

「……食べるつもりか。私の邸で、中食を」

「そんな目で見ても無駄ですよー。私の面の皮の厚さは地獄の鬼以上ですからー。てことで、お姫さん。膳の支度が終わるまでに、ちゃちゃっとこれを片づけてくださいよ」

言って、しれっとした顔で上がり込んでくる。

藤判官が乙葉にそっと耳打ちしてきた。

「……いいのか？　中食をたかられるくらいならいいが、仕事絡みの場合、一度、許すと際限なく寄りかかってくるぞ。この男は」

「代筆をするくらいでしたら。地獄でも同僚の肩代わりをよくしていましたし、中主典殿にはいつもお世話になっていますし。お役に立ててるなら嬉《うれ》しいです」

それに自分にできることがあると、まだここにいていいのだとほっとする。

「そうそう、本人がいいって言うんですから、いいんです。部外者が口出ししないでください。判官殿は爺《じい》やさんに伝言をお願いしますよ。後から放免《ほうめん》たちも来ますから、飲み食いの量は多めにお願いしますね、って」

言いながら中主典がこの場合の公式の書き方はこれで、と懐から手本にする書式を取り出す。さすがの面の皮の厚さだ。

「それはそうと、さっき厨《くりや》に食材の確認に行ったら、工人が裏方に出入りしてましたね。結局、新しい井戸を掘ることにしたんですか」

「ああ、やはりないと不便だからな」

水脈の位置はわかっている。もう一つ、隣に掘るくらいさして手間でもない、と藤判官は言うが、乙葉は肩身が狭い。

水が涸《か》れたのは井戸が地獄とつながった状態だからだ。地獄に属する乙葉が邸に居座っているために起こった現象だろうから、これは乙葉のせいだ。

「つまりお姫さんが例の逃げた亡者とやらを見つけて連れ帰るまでは、井戸はこのままだと。井戸一つ掘るとけっこう金子《きんす》もかかるんですけどねー」

相変わらず人をいじる機会は逃さない中主典が、にやりと笑って距離を詰めてくる。

「衣食住の世話くらいは仕方ないと思ってましたけど、思った以上の金食い虫ですね、この地獄のお姫様は。どうお返ししてくれるつもりなんでしょうねえ」

「も、申し訳ありません、金子の用意がなくて。あの時はすぐに亡者を捕まえて帰れると思っていたので、手ぶらで来てしまって……」

代わりに渡そうと思っても袿《うちぎ》も領巾《ひれ》も、閻魔《えんま》庁の官服だから手放すわけにはいかない。納蘇利《なそり》の面は私物だが、あれは乙葉の盾だ。手放せない。

（あ、もう一つだけ、私物があった）

髪に手をやる。そこにあるのは宝冠と平櫛《ひらぐし》を留める金の釵子《さいし》だ。ふるえつつ差し出す。

「あの、これでよろしければ。換金してください……」

「うおっ、金だっ」

中主典が即座に奪い取ると、ためつすがめつする。

「なかなかいい品ですね、これ。金の含有度も高いし、細工もなかなか」

そこへ、中主典の訪れを知りやってきた火の玉三兄弟が、二人の間に立ち塞がった。

『馬鹿乙葉！　それは『人の娘がつけるものなど鍍金《ときん》で十分』って言い張った鬼母に内緒で篁《たかむら》殿が成人の儀に贈ってくれた大切な品だろう』

『それを奪おうってのか、やっていいことと悪いことがあるだろうがっ』

『やいやい、この悪親父《おやじ》！　上等だ！　かかってきやがれ！』

火の玉たちが己の火力を上げて目映《まばゆ》く輝き、何事かと雑色《ぞうしき》たちが駆けつける。

「うおっ、火の玉たちが怒ってるっ」

「お、おい、水を持ってこい、今度こそ邸が延焼するぞっ」

「熱っ、ちっちゃいのに、すごい火力だっ。危ねえっ」

中主典が釵子を持ったままあわてて庭へと逃げ出して、火の玉たちが追いかける。

そこへ、雑舎《ぞうしゃ》のある裏手から、伸びた萩《はぎ》や葵《あおい》をかき分けてのしのしと一匹の猫がやってきた。

真っ白な、雪のような毛並みをした美しい猫だ。

とたんに雑色たちが後ずさった。

「まずい、〈右大将の君《うだいしょうのきみ》〉だ」

「帝のお猫の妹猫様という貴い出自を持つお猫様だ。機嫌を損ねるとまた引っかかれるぞ」

皆真っ青になって身構える。乙葉も息をのんだ。

人界では普通猫は紐につないで屋内で大切に飼う。が、彼女はその高貴な生まれ故か、束縛を嫌う。屋内よりも外にいることを好み、真冬以外は寝るのも外だ。まだ引っ越して数か月の邸だが、すでに隣三軒の敷地を己の領土として見回りをかかさず、毎夜、鼠《ねずみ》や蛇を狩っては食し、人の手から餌を受け取ることもしない、雄々しい女将軍だ。

「あれにだけは決して逆らうな。姿を見たらすぐに逃げよ」

乙葉もこの邸に来た当初に、藤判官にきつく言われた。

今まで乙葉は邸の内にいて、それに付き合って火の玉たちも邸内にいた。右大将の君とは棲《す》み分けができていたのだが。

右大将の君が、中主典を追って庭を飛び回る新参の三兄弟に目を留めた。

『な、なんでい、やろうってのか』

肩を怒らせ、虚勢を張った火の玉が一体、前へ出る。とたんに。

ぺしっ。

前脚の一払いで地面に叩《たた》きつけられた。

『あぁっ、弟よっ』

『二の兄貴っ、しっかりっ』

『へ、ドジ踏んじまった。ちょっくら地獄に戻ってくるぜ。乙葉のことは頼んだ、ぞ……』

がくりと首らしきところが垂れて、火の玉が消える。

弱っちい。

猫の右大将の君はその場に座り込んで、ふん、その程度の炎、我が毛の一本も焦がすことはできぬわ、と欠伸《あくび》をしている。

『お、お前なんか兄貴が復活したらコテンパンだからなっ、今に見てろよっ』

『乙葉、ちょっと地獄に戻って弟の復活に付き合ってくるけど、すぐ戻るから安心しろ』

あわてて介助のため、他の二玉も後を追う。

藤判官がため息をつくと庭に下りた。小さな薬玉《くすだま》をふってから投げ、右大将の君の気をそらす。その隙に、金の釵子を中主典から取り上げて乙葉に差し出した。

「水代には困っていない。井戸の掘り賃にもだ」

「え？」

「大切なものなのだろう？」

おずおずと乙葉は受け取る。胸がほんわか温かくなった。

中主典が口をとがらせる。

「えー、居候代にもらっておけばいいのに。地獄の沙汰も金次第って言うじゃないですか。お姫さんは地獄の獄卒だし、きっと地獄の権威をふりかざして亡者から巻き上げた金品をたんまりもってますよ。そのおこぼれに少しあずかるだけじゃないですか」

権威を振りかざして乙葉から金品を巻き上げようとした男が言っても説得力がない。

そもそも地獄は高度に組織化されている。人界のような賄賂政治などあり得ない。三途《さんず》の川で奪い取る衣も罪の重さを量った後はきちんと亡者に返すのだ。

藤判官があきれたように言った。

「すでに労力で払ってもらっているだろう。そなたが今日、持ち込んだ紙の束はなんだ」

「くっ、自分で報告書を書いて金を手にするか、労働力であがなってもらって金はあきらめるか」

中主典が苦悩している。賭けの負けが込んでいつも金欠の中主典だが、金にもまして報告書を書くのは嫌らしい。

（蕃案主《はんのあんじゅ》さんが苦い顔をしておられた、報告書をため込む輩《やから》って、中主典殿のことだったんじゃ……）

今は亡き、検非違使庁《けびいしのちょう》の事務方の青年のことを思い出す。

と、そこへ一足遅れて放免たちもやってきた。

「あ、中主典殿、姫さんのこと、虐《いじ》めちゃだめじゃないですか」

「いっつもあれこれ世話になってるのに。北の方様に言いつけますよ」

中主典は家付き娘である北の方には逆らえない。

それに今日は乙葉に代筆を押しつけるのが主目的ではなく、旬の品のお裾分けに来たらしい。

放免たちが持つ籠には、季節の走りの筍《たけのこ》がどっさり入っていた。

「中主典殿宅に出入りしてる大原女《おはらめ》が、今朝、早採りのを山ほど担いできたんで、北の方様が姫さんにも持ってけって」

「北の方様はできたお方だから、中主典殿が仕事を押しつけてるのご存じなんすよ」

「てことで、遠慮なく食してください。はい、まだ珍しい、初物の筍ですぜ」

「わあ、ありがとうございます」

庭にいるついでなので皆で厨に運ぶ。猫の右大将の君は薬玉遊びに飽きたのか、長々と岩《いわ》の上に寝そべって、庭を通過するのを許してくれた。

放免たち曰く、筍は風味もの。採ったらなるべく早く調理したほうがいいそうだ。

「地獄は常春で旬の食べ物という概念がなかったので、楽しみです」

「それでよく食べるものが手に入るよな」

「それは夏の食物が欲しければ炎熱地獄に行きますし、冬の食材が欲しければ氷雪地獄へ行けばいい話ですから。人の継子《まま こ》虐めに、冬に「春の花を採ってきて」と家を追い出されたりする話があると聞きますけど、地獄の場合は何を言われても取ってこられますから。便利です」

「いや、だからそういう生々しい継子話、聞かせないでくださいってば。万が一、奥が先に逝っても、後妻をもらいにくいでしょうが……」

言って、意外と愛妻家である中主典が小ぶりの筍を懐から出して、乙葉にくれた。後で換金しようとくすねていたらしい。

そこへ、厨の脇の井戸から、にゅっと馬の顔が突き出した。

『乙葉ちゃん、いるの？　声がしたけど』

よいしょ、と地獄とつながる井戸から出てきたのは、閻魔庁の厨を預かる女将《おかみ》、馬頭鬼《めずき》の馬姐様《ばねえさま》だ。

馬の長い首が艶やかに光り、筋骨隆々とした体には私服らしい、ひらひらした唐風の裳《も》や紅色の上衣《うわぎぬ》をつけている。鬣《たてがみ》に飾った桃の花を象《かたど》った簪《かんざし》が可愛《かわい》らしい。

後ろには道案内をしてきたのか、犬の亡者の次郎丸《じろうまる》もいた。

小さな火の玉たちとは違い、迫力ある人外の出現に、近くにいた放免や厨の男たちががたがたっと音を立てて引いた。

逆に、乙葉は喜色を浮かべて井戸端に走り寄る。

「馬姐様、お久しぶりです……！」

『ふふ、ちょっと出張、というか休日を利用した日帰り物見遊山よ。お便りもらった返事のついでにあんたがちゃんと食べてるか気になって』

「わざわざ私のために来てくださったのですか？　ありがとうございます……」

『ちょっと泣かないでよ、顔見せて。まあ、やっぱり痩せたんじゃない？　ちゃんと食べてるの？　人界の食事って薄味で肉もないって聞くから栄養足りてないんでしょ。うーん、何か作ってあげたいけど、へたに地獄の食材を持ってくると、つながりできて、食べた人、皆、地獄落ちさせちゃうから遠慮して手ぶらで来たのよねー』

困ったわ、と馬頭鬼が長い首を回して辺りを見る。

皆がおじけづいて後ずさりしたせいで、置き去りにされた籠の筍が目立つ。

それに馬頭鬼が目を留めた。

『あら、いい食材あるじゃない。ちょうどいいわ、地獄の味をふるまってあげる』

相手がいくら恐ろしい姿で、言うことを聞かなければ地獄に落とされるかもしれないにしても、見ず知らずの相手に厨を開け渡すのは料理人としての沽券《こけん》に関わる。

と、厨を任せた料理人たちが職業意識に燃えて頑張るのを説得して、冬継《ふゆつぐ》は乙葉の頼みを入れて、馬の顔をした鬼が厨で調理することを許した。

なら、せめて妙な真似《まね》をしないように見張らせてくれと料理人たちが主張して、その場にいた皆で馬頭鬼の調理風景を見学することになったのだが。

料理人たちは馬頭鬼の見事な手際と、見知らぬ調理法を見るうちに、調理魂がうずうずしはじめたらしい。

「俺も料理する」

と言い出し、並んで調理しはじめると自然と腕の競い合いになり、結果、大量の料理ができて、なし崩し的に、無礼講の筍の宴《うたげ》というか、京風、唐風、筍料理食べ比べになった。

「うめえ、なんだこれ、唐風っての？　薄いパリパリの皮の中にもっちり肉餡《にくあん》としゃっきり筍の食感が見事に共演してやがるっ」

「すげえ、俺、猪肉《ししにく》とか油で揚げた麦粉の皮なんて初めて食った。なんだこのこってり感」

『ふふふん、これが地獄飯ってもんよ』

馬頭鬼が胸を張る。

「こっちの羹《あつもの》もすんげえ、うまい。あっさり繊細っていうの？　この素材の味を生かした絶妙な味加減、舌が随喜の涙流して喜んでやがるぜっ」

「若芽と筍って合うよなあ。出汁《だし》と醤《ひしお》がよく染みて。心のふるさとっての？　筍の独特な風味がじんわり五臓六腑《ごぞうろっぷ》に染み渡る……」

「ふっ、これが都の味ってもんよ」

料理人がにやりと笑う。

それから、馬頭鬼と料理人たちが、とん、と肘を打ちつけ合う。

並んで調理するうちに通じるところがあったのか、いつの間にか友情が生まれている。

それどころか互いに秘伝や調理法を教え合って、地獄と人界、異文化交流が始まった。

「俺たちはこうして醤や酢をつけて食うんだ。好みに合わせてな」

『あら、美味《おい》し！　へえ、素材の味を生かすってこういうことなのね』

「姐さんの料理も見事なもんだ。その、打ち麺とやらも作ってみてくれねえか」

『あらん、お安いご用よ。代わりにこの醤、ちょっともらって帰っていい？　味の範囲が広がりそうなの』

うまそうな匂いを嗅ぎつけた邸の者たちも次々とやってきて、普段は怖くて近づかない放免たちに混じって飯をかき込んでいる。

「おかわりっ」

「俺もっ」

「ふっ、まだまだあるから、たんと食いな。俺も今から唐風地獄飯の調理に挑戦するから」

『ああ、もう、レンゲの使い方がなってないわ。あのね、これはこうして食べるのよ。ふふ、私も師匠たちがいる間に京風料理を試してみようかしら』

馬頭鬼を案内してきた次郎丸もちぎれかけの尾をふって、白湯《パイタン》をとり終わった鶏骨《とりぼね》にありついているし、意外と早く復活してきた火の玉三兄弟もぽんぽん筍の皮や脂の切れ端を放り込んでもらってご満悦だ。

その様子を、少し離れたところから冬継は複雑な思いで見ていた。

乙葉が東西筍料理を盛った高杯《たかつき》を手にやってくる。

「どうかなさいましたか、判官殿」

「……いや、どんどん人が増えていくなと思ってな」

正確には人だけではなく、人外も交じっているが。

「自分でも不思議だ。これだけ他人がいるのに、煩《わずら》わしいとは思わない」

ずっと周囲に人がいなくても平気だった。自分の命すらどうでもよかった。

それが自分が亡者かもしれないとわかったとたんに周囲に人が増え、こうしているのが楽しいとまで思えてくるとは。

一通り、皆が食い終わると、馬姐さんと呼ばれる鬼が乙葉を手招きした。

『そろそろ真面目な話をしてもいい？　あんたが犬ちゃんに託して私にくれた文の返事』

声を潜めて、続ける。

『あんたの見込み、あたってたわよ。あれ、ただの押し込み夜盗じゃないわね』

中主典が耳ざとく聞きつけて、酒杯を床におく。その顔が真剣だ。

「姫さん？　どういうことです？」

雰囲気を感じ取った放免たちも寄ってきて、代わりに邸の者たちが気をきかせて下がっていく。あっという間に母屋の南廂《みなみひさし》は検非違使関係者だけになった。

皆が車座になった中で、乙葉が口を開いた。

「その、夜盗に襲われた、蕃案主さんの父君の主家の件で、気になったことがあったのです」

少し前にあった事件だ。一家皆殺しに遭い、ただ一人生き残った姫君が死に戻りの異能を使い、亡者たちの魂を邸に引き留めていた。

「あの時、垣間見《かいまみ》た主《あるじ》殿の首の傷が、刀によるものとはどうしても思えなかったのです。

それで馬姐様に調べていただいて。馬姐様でしたら、地獄に降りた亡者たちから話を聞けますし、死因が書かれた鬼籍を見ることもできますから」

『でね、乙葉ちゃんの文をもらってすぐ見に行ったんだけどさ、その男、ちょうど裁きの順番待ちで塀際にぼんやり座ってたのよ。で、声かけて傷を見せてもらったの。どこから見ても刀傷じゃなかったわよ。噛《か》み傷。本人は騒動の中で後ろから襲われたとかで凶器が何かわかってなかったけど。そのうえねっとり呪《しゅ》の気配がこびりついて、あれは夜盗に襲われて死んだんじゃないわ。呪詛よ。何より、閻魔庁の鬼籍に、死因は呪殺とあったもの』

「呪殺⁉」

「間違いねえのか、馬の姐さんっ」

蕃案主という元同僚が関わる事件だ。放免たちも目の色を変えて詰め寄ってくる。

「あの時の夜盗どもは俺らでお縄にしてやったけど、襲撃に紛れて呪詛があったってのか⁉」

「いや、待てよ、これ、下手すりゃ中主典殿が言ってた陰謀説、当たりじゃねえか？」

中主典の陰謀説とは、夜盗の件は誰かの差し金かもしれない、ということだそうだ。

「襲われた邸の主はそこまであこぎに金を貯めているという話を聞かなかったからな。狙うなら他にもっと金を持ってる奴《やつ》らがいるし」

「あの邸の主は上の覚えもよくて性格も温厚で、次の除目《じもく》じゃ上国の国司《こくし》を狙えるんじゃないかってもっぱらの評判で、人から怨《うら》みをかってるようにも思えなくて、検非違使の勘がおかしいって言ってたんですよ」

「じゃ、それを邪魔に思ったか、ねたんだ誰かが呪詛をかけたうえ夜盗をけしかけたってことか？　てことは蕃案主様を殺した黒幕はまだ野放しのままってわけじゃないか。許せねえ！」

そんな彼らを『ちょっと、落ち着いてよ』ととどめながら、馬頭鬼が、あら？　と言った。

『ここにも呪の匂いがするわね。調理に夢中で気づかなかったわ』

「え？　ここに？」

「呪って匂うものなんっすか？」

『ええ。独特の甘い臭気があるのよ、あれ。肉か桃が腐ったみたいな。私、厨を預かってるから、果実の食べ頃を見極めたり、傷んだ肉を選《よ》り分けたりするのにけっこう鼻がきくし。これは呪われてる匂いね』

馬頭鬼が鼻を蠢《うごめ》かせた先には、冬継がいた。

「え？　判官殿⁉」

「んな馬鹿な。だって、この人、ぴんぴんしてるし」

皆が驚く中、目に見えて乙葉が蒼白《そうはく》になった。

「……やっぱり、大丈夫なんかじゃないじゃないですか」

「姫さん……？」

「聞いてください、中主典殿、判官殿は少し前に胸を押さえて苦しんでおられてっ」

止めようとしたが遅かった。目の前で倒れられたことがよほど不安だったのか、乙葉が中主典たちにすべてをぶちまける。

とたんに、中主典が吠《ほ》えた。

「……てことは、呪の匂いって本物？　しかも誰かの残り香とか、こっちが仕掛けたとかじゃなく呪詛されてるって？……そういう大事なことは早く言ってくださいよっ」

仕事だけの関係、どうせすぐ栄転していく上からの預かりもののお坊ちゃま。

彼にはそう思われていたはずなのに、こちらに詰め寄る中主典の顔は強張っていた。

「くそっ、呪への対処なんて初動が大事なのにっ、なんで今頃っ、のんびり筍食ってる場合じゃないでしょ。何考えてるんです、あなたっっ」

放免たちも寄ってきて、馬姐さん、どうすりゃいいです、と指示を仰ぎはじめる。

「俺たち、体使うのにゃ慣れてるけど、呪詛への対処法って知らなくて」

「馬姐さんなら地獄のお方だし、何かご存じじゃ」

『私もそんなに詳しいわけじゃないけど、そうね、先ずはなんの呪いをかけられているかの特定からじゃないかしら』

真剣な顔で馬頭鬼がうなずく。

『それがわからなきゃ返しもできないし、術者を探すこともできないわ。私、厨を預かる前は地獄門の門番をしてたのよ。呪殺された亡者の体ならたくさん見てきたわ。呪詛を受けると体になんらかの印が出ることが多いのよ。てことで、ここは一発、剝《む》いちゃってっ』

「「了解！」」

ごつい腕が無数に伸びてくる。冬継は懸命に抗《あらが》った。

「よせっ、やめろっ」

「ええい、見せてください、男同士でしょうが、恥ずかしがる柄ですかっ」

「いい加減あきらめて。そんなに抵抗されたら俺たちがいけない男みたいでしょうっ」

皆が冬継を押さえつけ、衣を剝《は》ぐ。

背の火傷《やけど》痕に息をのむ気配がした。

「……なんでもない。赤子の頃、死んだと思われたことがあった。その時、荼毘《だび》に付されかけた時のものだ」

もうこうなれば隠しても一緒だ。自身が死に戻りであることを明かす。

「ただし、私に乙葉のような異能はないがな」

「判官殿、ただの甘やかされたお坊ちゃまかと思ってたら、けっこう激しい人生送ってたんだな……」

「普通、生まれて息がなかったからって、即、火にぶっ込むかよ」

「何日か未練がましく待って、それから泣く泣く布にくるんで鳥辺野《とりべの》に運ぶのが親だよな……」

皆がしみじみ言うのが気まずく、顔をそらす。

その隙に馬頭鬼が器用に冬継の衣を剝いでいった。そして、見つける。

『これよ！』

馬頭鬼が指した部分を見て、皆が再び絶句した。

「……これが、呪詛の印」

そこにあったのは、毒々しい赤黒い色をした痣《あざ》だった。

『これは宿星を使った呪いね』

　馬頭鬼が藤判官の肌に手を這《は》わせながら、難しい顔で言った。

『ほら、ここ。星みたいな形に腫れてるでしょ。これ、胸が痛むはずよ。がっちり体の奥、心の臓にまで食い込んでるわ』

　そしてこの痣が藤判官の体にあるということは、藤判官が呪詛を受けているのが確かということだ。理解して、乙葉はごくりと息をのんだ。

『まだ星形の痣は一つだけだけど、どんどん増えるわよ。それが肌を覆うようにその者の宿星をすべて描き出した時、呪いが成就して心の臓が止まるのよ』

　藤判官が少しためらいながら聞いた。

「胸の痛みは呪詛で間違いないと？　体が腐っているからではないのか……？」

『呪詛よ。他はあり得ないわ。だいたいどうして生きて動いてる人の体が腐ったりするの』

　そこで彼がためらうそぶりを見せた。それから、実は……、と語り出す。

「乙葉、今まで黙っていてすまない」

と、乙葉を見て言う。

「……私の名は、藤原冬継《ふじわらのふゆつぐ》という。乙葉、そなたが探している、逃げた亡者だ」

「え……」

乙葉は目を見張った。目の前にいる藤判官をまじまじと見る。

「今までそなたに口止めをしていたのは、他の者に言えばすぐにばれるからだ。胸が痛んだ時も大事にしたくないそぶりを見せたのは、この体がもう死んでいると悟られるのを避けたかったから。……結局、痛みと亡者であることは関係なかったようだが」

この期に及んでこのことを隠しては、呪詛の犯人を追う際に障りが出る、ようやく告白する覚悟がついた、と彼は言う。だが乙葉は戸惑う。なぜなら。

「判官殿が、逃げた亡者？　だって、そんな、あり得ないです……！」

彼からは亡者の気配など欠片《かけら》も感じない。

彼はどこから見ても、生きた人そのものだ。

(だけど、判官殿は嘘は言っていない)

乙葉は己の感覚に混乱する。

前に蕃案主の件で感じたのと同じだ。彼は嘘を言っていない。自分が逃げた亡者だと言う。

なのに自分は彼が亡者だとは感じ取れない。地獄の官吏としての勘は、何度確かめても彼が亡者ではないと言っている。

(私の異能と、判官殿と、どちらを信じればいいの?)

わからない。彼は何か勘違いをしているか、嘘を言っている。そう思うのに、自信がない。人の感情を感じ取る異能で失敗したのはついこの間のことだ。何より。

(私がそうであってほしいと、どうか勘違いでありますようにと、強く願っているから)

客観性を欠いている。だから冷静な判断ができない。

彼にもう一度問いかける。違うと言ってくれとの心を込めて言う。

「な、何かの間違いでは。判官殿が〈藤原冬継〉なんて……」

皆の心を明るくしようと冗談を言っているのではないか。彼から〈嘘は言っていない〉と感じ取れるのを敢《あ》えて無視して、乙葉は問う。が、彼は何も言わない。

「嘘《うそ》、ですよね……?」

乙葉は中主典を見た。彼に最も近しい部下だ。

すがるように聞く。

だが中主典は逆に驚いたように目を見張った。

「え、姫さん、今まで判官殿の名前、知らなかったんですか⁉」

そして藤判官の名が、くだんの亡者と同じであることを保証する。

「ていうか、逃げた亡者の名前がわかってたなら、なんで教えてくれなかったんですか。

これでも仕事の合間に該当する亡者らしい男の噂はないか、調べてたんですよ」

「そうだよ、お姫さん、遠慮なんか水臭いぜ」

違う。遠慮したのではなく、口止めをされていたからだ。

だがそんなことを言う雰囲気ではない。乙葉もそれどころではない。

（まさか、この呪詛のせいで判官殿は命を落として地獄まで来たの？）

それではくだんの亡者が地獄へ落ちた日と合わないし、そもそも藤判官はまだ死んでいない。なのだが、乙葉の頭は混乱のあまりうまく働いていない。

「だ、大丈夫です、判官殿はまだ死んでいません。だってここにいますもの」

かろうじてそれだけを言う。

たったそれだけのことを話すのに、びっしょり汗をかいている。体がおこりのようにふるえ出す。

「そ、そうです、私は逃げた亡者を見つければ一人寂しく、皆さんと別れて地獄に帰らないといけないですけど、判官殿は生きた人ですから人界で楽しく暮らされて、でもいずれは地獄に来られて再会できるわけで、だから私は少しも寂しくなくて……」

自分でも何を言っているのかわからなくなる。

「ひ、姫さん、落ち着け、冷静にだなっ」

そういう中主典も混乱のあまり口調がおかしい。声も上ずっている。

「同姓同名の別人ってこともあるでしょ。逃げた亡者ってことは一度死んだってことでしょ？　なら間違いだ。だって四六時中一緒ってわけじゃないけど、判官殿が死んだとこなんて見たことないですよ」

『どういうことなの？　乙葉ちゃんがこっちに来たのは逃げた亡者を追ってのことって聞いてるけど、同姓同名の亡者がいるっていうの？』

ちょっと、私を置いてきぼりにして話を進めないで、と馬頭鬼が首を伸ばす。

『全っ然、話が見えないじゃない。とりあえずこの呪詛ならまだ成就してないわよ。浮き出た痣の数が足りないから』

その時だった。

藤判官がまた胸を押さえた。苦しみ出す。

「じ、判官殿っ」

はだけたままの衣の隙間から、新たな痣が浮き出すのが見えた。乙葉は悲鳴をあげる。

「いやああ、死んだら駄目です、判官殿っ」

「う、嘘だろ。なんで俺よりずっと若いお坊ちゃまが先に死ぬんだよ。しっかり、あなたに何かあったら上から何を言われるかっ。てか、私らあなたのこと歴代馬鹿坊ちゃま上司の中じゃ、まあ、悪くないんじゃって思ってやってもいいかなって思ってたんですよ？」

「こんなとこでいきなり逝かないでくださいよっ。俺もけっこうあんたのこと気に入って

「……」

「くそ、とにかくその痣が増えるのなんとかすりゃいいんだろ。馬姐さん、どうしたらっ。判官殿が地獄から逃げた亡者だってことと、この痣、関係あるんですかい⁉」

『ああ、もう、呪詛ってことはわかっても、祓《はら》い方なんか知らないわよ。私がいつも相手してるのは呪いが成就して地獄に降りてきた亡者なんだからっ。痣と逃げた亡者がどうって部分はまったく関係ないはずだけどっ。ややこしいっ』

馬頭鬼が言って、心を決めた顔をする。

『私、地獄に戻ってその〈逃げた亡者〉の鬼籍を見てくるわ。問題は一つずつ片づけるわよ。乙葉ちゃん、あなたが亡者について聞いたのは、あのくそ義母からよね？　なら、あの鬼女のことだもの。きちんと確認せずに適当なことを言ったことも考えられるわ』

悲しいがそれはあり得る。乙葉はうなずいた。

『本当は判官殿の、いえ、藤原冬継の人命帳を見て照らし合わせるのが一番てっとり早いけど、人命帳は天界にあるから。地獄の官吏が見ることはできないわ』

そして地獄にある鬼籍は人が死んだ瞬間に生じる。

まだ生きている者には鬼籍自体がない。

『探してみて、彼の鬼籍がないならそれでいいわ。鬼籍がないのは元気な証拠ってことで、判官殿は死んでない。その時は乙葉ちゃん、あなたの鬼母が間違ったことを伝えてたってこと。判官殿は死なない。だから乙葉ちゃん、気を確かに持ってここで待ってて。いいわねっ』

言って、馬頭鬼が豪快に裳裾をからげると高欄を飛び越えていく。

中主典と放免たちも意を決した顔をする。

「じゃあ、私らもこれで。私らは私らにできることをしてきます。人を殺せるだけの力がある術者となれば限られますから」

「誰が依頼した黒幕かは知らねえが、名刹の僧や陰陽寮《おんようりょう》の陰陽師《おんみようじ》なんかは後ろ暗いことには使わねえだろ。やったのは市井の術士だ。なら、必ず俺らの網にかかってくるぜ」

「蛇の道は蛇、暗黒街のことで俺らの耳に入らないことはないっす！　信じて！」

元が破落戸《ごろつき》の放免たちは、いまだに昔の伝手《つて》を持っている。

「捕まえて、自白を強要すりゃ一発だ、手っ取り早く解呪させることもできますぜ」

「へたな弓矢も数射りゃ当たるっていうし。俺らが役に立ちそうな奴探して引きずってくるから。それまでお姫さん、判官殿を頼んますっ」

皆、どやどやと足音荒く廂の間を出ていく。賑《にぎ》やかだった宴の席はあっという間に藤判官と乙葉だけになった。

皆を見送って、事情を聞いたのだろう。爺が冷たい水を入れた盥《たらい》を手に入ってきた。

「……今、寝所の支度をいたします。私の一存で馴染《なじ》みの薬師も呼びました。呪詛ではなく、病の可能性も残されていないか診ていただくために」

痛みのあまり気を失った藤判官、いや、藤原冬継を爺と二人で衾《ふすま》に横たえる。

力なく、枕に置かれた彼の額を濡《ぬ》らした布で拭う。

ものも言わずに眠る姿は、まるで死んでしまったかのようで、乙葉の目から涙が流れ出た。彼には聞こえていないことを承知で、声をかける。

「大丈夫です。宿星を使った呪いは、その人の宿星を構成するのと同じ星の数だけ、痣ができると馬俎様は言っていました。判官殿の心の臓の上にできた痣の数はまだ二つです。呪いは成就していません」

大丈夫。彼は生きている。

「今、検非違使の皆さんが呪術師を探して都に散ってくださっています。呪術師を見つけて、呪詛を返すことさえできれば判官殿はきっと助かります。天寿をまっとうできますから……！」

乙葉は泣きながら言った。

彼が亡者なら、と夢想したこともあった。一緒に地獄へ戻れるのにと思った。

だが違う。彼が人としてこの世で幸せに過ごしていてくれないと意味がない。彼が生きているから、住む世界が違う人でも乙葉は地獄で待つ楽しみができるのだ。

それから、どれくらい話しかけていただろう。

ふと、彼の睫毛《まつげ》が揺れた。頬に落ちた影が形を変える。

冬継が目を開けた。乙葉は身を乗り出した。

「気が、つかれましたか」

まだ胸が痛むか聞く声が、情けないほどふるえている。

「……私はどれくらい意識がなかった」

「少しだけです。あれから一刻も経《た》っていません」

彼が倒れた後のことを話す。気にしているようだから、包み隠さずに告げる。

「今、馬頭鬼の馬姐様が鬼籍を調べてくれています。中主典さんたちもこんなことができる裏社会の呪術師を探してくれています」

泣かずに説明しようと思うのに、乙葉の目からまた涙がぽろぽろこぼれる。冬継が手を伸ばして、拭ってくれた。

「……すまない。心配をかけた。それにずっと黙っていた」

「いいのです、そんなこと」

だから、死なないで。

涙を拭う彼の手を取って願った時、爺が動転したようにやってきた。

「母君様がお越しになりました。留守だと申し上げましょうか」

「……いや。前にもそれで追い返した。今回は私がいるのだ。これ以上、会わずにいれば無用な波風を立てることになる」

冬継が爺に手を貸せ、と命じる。乙葉はあわてて止めようとした。

「起きては駄目です、さっきはあんなに苦しんでおられたのに。体調が悪いのだと正直にお話しすれば」

「母はそれでは納得しない。妙な邪推をされるより、さっさと用を聞いてしまったほうが早い」

もう痛みはないと、冬継が無理に起き出す。

（無茶よ）

だが身支度を整える彼の横顔は頑なだった。

こうなれば知らない人が怖いなんて言っていられない。勝手に彼の邸に居座った自分が母君にどう思われるかも気にしていられない。

乙葉はいつでも冬継を支えられるように、爺と共に傍らに控えることにした。

几帳《きちょう》の陰までは共に冬継を支えてくれた爺だが、使用人で、男でもある彼は母君がいる廂の間までは入れない。なので上座に座る母君の前へは、乙葉が冬継に付き添った。

「母上、お久しぶりです」

御簾越しに会った彼の母君は、乙葉を見ると眉を顰《ひそ》めた。

「……人払いを」

言われたが、冬継はそれには答えない。「ご用件を」とだけ応じる。

冬継のあまりの顔色の悪さと強い態度に、ここで争うより用件を言うほうが先と思ったのか、母君は他言無用と念押しをしてから、口を開いた。

「そなたの邸の井戸から、馬の化け物が現れたそうだな」

乙葉は思わず身じろぎした。

(馬姐様のことだ)

だが馬頭鬼が邸に来たのはつい先ほどのことだ。なぜ、母君が知っているのだろう。

「その前には火の玉が飛んでいたと聞いた」

聞いた？　その口調、もしや邸の誰かが内情を知らせているのだろうか。

あわてて冬継の顔を見るが、平静だ。こう言われるとわかっていたように凪《な》いでいる。

(……不仲なのかと思っていたけれど)

母君は子のことを気にかけ、邸の者に報告を命じていたのだろうか。一瞬、乙葉はそう考えた。が、違った。続けて、母君は猜疑心《さいぎしん》に満ちた目を冬継に向けて言ったのだ。

「まさかとは思うが、人外の力を借り、宮様を呪詛したのはそなたではなかろうな」

(何を言い出すの⁉)

乙葉は息をのんだ。冬継の体調が悪いことは顔色を見ればすぐにわかる。なのにこの母君は労《いたわ》りの言葉一つかけずに、いきなり呪詛の犯人扱いをして詰問している。

(これが親のすること……?)

どくんどくんと乙葉の心の臓の鼓動が速くなる。

乙葉自身、実母と義母のどちらともうまくいっていない。親と子の微妙な関係はわからない。だがそれでも言っていいことと悪いことがあると思う。

「お、お待ちください!」

冬継は平静なままだが、頭の中が真っ赤になった乙葉は思わず間に割って入っていた。

母君が座る御簾向こうめがけて膝を進める。

「井戸から現れた化け物とは、馬の姿をした女人のことですか? あの方であれば私の個人的なお知り合いです。判官殿とはなんの関係もありません!」

「乙葉、よせ」

冬継が止めたが、これだけは聞けない。いつもうつむき、誰にでも従順な乙葉だが、それでも聞けない時がある。だって冬継は何も言わない。黙っている。

彼の心は傷ついているのに。分厚くなったかさぶたの上から、また新たな傷をつけられたような痛みを感じるのに。彼は耐えているが、乙葉は耐えられない。

(母君に正体がばれて、ここにいられなくなってもいい)

冬継にかかったあらぬ疑いを、このままにはできない。

「お願い、判官殿の疑いを晴らすのに協力してっ」

言って、火の玉たちにも出てきてもらう。

「お聞きになった火の玉とは、彼らのことですか？」

乙葉の周囲に現れた火の玉に、母君が息をのむ。それに向かって、乙葉は告げた。自分が地獄の官吏であること、たまたまこの邸に迷い出たところを冬継に保護してもらっただけで、彼は悪くないのだということを懸命に説明した。

「宮様への呪詛とは関係ありません。判官殿は善意から私を救ってくださっただけです」

言うだけのことは言った。乙葉は覚悟を決めた。

大事な息子の傍《そば》に地獄の住人が居候しているなど不吉なと、母君が怒り出すかと思った。

が、母君は乙葉が思ったような反応は示さなかった。

乙葉が地獄より来たとの主張は、火の玉たちの存在もあり信じてはもらえたらしい。

すると母君の関心は別のほうに向かったようなのだ。興奮にふるえる声で、彼女は言った。

「……では、そなたは人の寿命をも左右する、閻魔王の下僕か」

(……少し違う)

乙葉の正体を信じてくれたのはありがたいが、解釈がおかしい。閻魔王の役割からして違う。

あわてて乙葉は追加説明する。

「確かに私は閻魔庁の官吏の中でも下っ端です。なので下僕といえなくはありませんが、閻魔王様のことは全然、違います。寿命を操るなど閻魔王様でも許されてはいなくて……」

が、母君は乙葉の言うことなど聞いていなかった。

助かった、というように喜色に顔を輝かせて言う。

「地獄の下僕なら我が宮様にかかった呪を解くことができよう。もちろんお命も延ばせるな？」

はい？　乙葉は引いた。いきなり何を言い出すのか。

だが母君はさらに身を乗り出す。完全に目の色が変わっている。

「はよう、私と宮様のもとへ！　そなたは私が召し抱えよう！　以後は宮様のもとに侍《はべ》り、あの方を守護してくれ。さ、このようなところにおらず、来るのだ。はよう宮様をお助けせねば。祈禱《きとう》などもしたが収まらぬ、一刻を争うっ」

「お、お待ちください、今はそういう話をしているのでは。それに私にはそんな力は。呪を解くなら陰陽寮の陰陽師か僧に祈禱を頼めば……」

「何を言うっ」

鋭く言われた。

「こんなことを公にできるかっ。左大臣につけ込まれるっ。そもそも陰陽寮には左大臣の息がかかっているではないか。そなたは宮様を害する気かっ」

母君の目が完全に据わっている。その口調は鬼気迫るほどで、乙葉はひるんだ。

そんな乙葉の肩に手をかけ、かばいつつ、冬継が小さく囁《ささや》いた。

「……母は昔から宮様大事な人だ。一度思い込むと誰が何を言おうと耳に入らない。私が呪詛したのではないと納得してもらえただけありがたいと思わなくては」

あきらめたようにため息をつく。それから、母君に声をかけた。

「宮様をお助けしたいのは、私もです」

いつもの淡々とした口調だが、興奮する母君をなだめるような響きがある。

「不幸中の幸いで、私は検非違使の役にあり、都の裏に顔のきく者を知っています。この乙葉のように地獄の知識がある者もいる。詳しく事情をお聞かせくだされば、術者を捕らえることもできましょう。母上はそれを命じるために病床の宮様のもとを離れ、ここにおいでになったのでしょう？　この娘は地獄の官吏とはいえ人界は不慣れで、私が庇護《ひご》している身です。連れ帰ってもすぐには宮様のお役には立ちますまい」

その言葉で、母君も我に返ったらしい。目を瞬《しばたた》かせる。

彼女をさらに落ち着かせるように、冬継が重ねて言う。

「呪詛と断言なさるのは何か心当たりがおありだからですね？　お教えください。私も宮様にお聞きしましたが、他に心配をかけるまいと思われるのか、何もないと言われるばかりで」

「……宮様はお優しいお方だから。だから他の者がつけ上がるのだ」

ぎりりと歯を噛み締めて、それでも母君は必要なことを教えてくれた。

「私が宮様のご不調に気づいたのは一月ほど前。それ以前から症状はおありだったようだ。血の流れが滞り、四肢がうまく動かせずにおられるようなのだ。それ以上のことは頑なに薬師や僧を近づけられぬのでわからぬ。心配をかけるまいとの優しさ故とわかってはいるが、私にも何も言ってくださらない。歯がゆい……」

母君はそれで思いあまり、「犯人を捕らえてほしい」と、前に一度、寺参りにかこつけ冬継に頼みに来たらしい。が、その時は冬継が留守で時を無駄にした。

なので今回は前もって冬継の邸に仕える者に在宅か問い合わせたそうだ。すると邸の者が、

「判官殿はご在宅ですが、今来られるのはまずいです」

と、邸に来訪した人外のことを口にした。それを聞き、もしや呪詛を行ったのは我が息子か、と勘違いをしたらしい。

母子の不仲を知る邸の者が気をきかせて、遠回しに、今は立て込んでいるから来訪は遠

慮してくれ、と言ったのが裏目に出たのだ。

乙葉からすればそれでなぜ、我が子を呪詛の犯人と思えるのか不思議だが。

母君が切々と訴える。

「とにかく術者を捕まえてくれ。心当たりはと、そなたは言うが、それが術者に依頼した黒幕のことを言っているなら、数が多すぎわからぬ」

宮は皆に、父上皇の藤氏北家《とうしほっけ》排斥の先鋒《せんぽう》と見られている。

「宮様の意思と関係なく、宮様が今上帝《きんじょう》と対立するお立場にあることは皆が知っている。呪詛をかけるほどに宮様を邪魔に思う者なら北家の左大臣がいるが、問題は……」

「左大臣自身が動かずとも、彼に取り入ろうと周囲で蠢く輩がいる、ということですね」

冬継が眉間の皺《しわ》を深くした。それから、戸惑う乙葉に、「権力者の歓心を得ようと、頼みもしないのに気をきかす輩が一定数いるのだ」と、わかりやすく教えてくれる。

「例えば、前土佐守《さきのとさのかみ》のような男だ。せっせと上位者の邸に出入りし、物を贈る。呪詛も彼らにしてみれば気のきいた贈り物なのだ。あなたのためにここまでしました、使える男です、だから目をかけてくださいと訴えるためのな」

上位の者は褒賞の言質を与えることも、命ずる必要もない。うむ、と扇の陰で眉を顰めればよい。それだけで、大臣の意を得たり、と勝手に動き出す馬鹿がいる。

「そのことを左大臣はよく知っている。今上帝はまだお若い。皇后は左大臣の娘ですでに東宮に起《た》った皇子もいる。無理をせずとも上皇の死を待てば勝機はめぐってくる。自らの手で呪詛を行うなど危ない橋は渡るまい。逆に左大臣のことだ。自分が呪詛の犯人と目されたと知れば、証拠もないのに罪を着せる気か、これは陰謀だと騒ぐだろう」

かえってこちらを貶《おとし》める好機とされてしまう。

「廟堂《びょうどう》も左大臣の支配下だ。馴染みの僧に病平癒の祈禱を頼むのはよくても、陰陽師には頼れない、母の理屈がわかったか？」

それでやっと乙葉にも飲み込めた。穢《けが》れを祓うのが職務とはいえ、陰陽寮の陰陽師も帝に仕える官吏だ。帝と朝廷の重鎮である左大臣に動くなと命じられれば動けない。

懇切丁寧にそんな説明を受けている乙葉を見て、母君もこれは使えないと思ったのだろう。連れて帰ろうという気は失《う》せたようだ。ほっとした。

「だが逆に言うと、相手が左大臣と関係のない小者であれば、こちらも捕らえやすい」

宮を呪詛した者を捕縛しても、勝手にやったことだと左大臣はさっさと切り捨てる。捕らえたことで左大臣との争いになることはない。

「……個人的に、受けよう」

冬継が言った。

「母の頼みだからではない。私自身が、宮様をお救いしたい」

だが、乙葉はためらう。母君は公にはできないと言う。つまりこれは非公式の頼みで、正式な訴えは出ていない。

検非違使は帝の下命を受けて動く。訴状がなければ下命もない。動けない。

そもそも冬継自身が呪詛を受け、苦しむ身だ。宮様の件にまで関わる余裕はない。

言いかけた乙葉に、冬継が言う。

「介入する口実なら、これがある」

着ていた単《ひとえ》の襟元をくつろげ、自分の呪の爪痕を見せる。

心の臓の上に浮かび上がった、宿星の痣。

母君が息をのんだのがわかった。それは遠ざけていても我が子だからか、それとも久しぶりに見た子の肌に、背の火傷のことを思い出したのか。

「私が己にかけられた呪について調べる。呪詛を受けましたと上に訴える。その形なら誰も文句はないだろう。その過程でたまたま宮様を呪詛した者にたどり着いただけだ。そして見つけたからには見過ごせなかった。呪詛を行う、それ自体が律令《りつりょう》にも記された罪なのだから」

言いつつ、彼が自分を後回しにして先《ま》ず、宮の呪詛について調べようとしているのがこの場にいる者にはわかった。

乙葉はますます歯がゆくなる。が、母君はようやく納得した。満足そうにうなずく。

「また様子を見に来ます。それまでに成果をあげておきなさい」

言い置いて、母君は宮のもとへと戻っていった。最後の最後までひどい言い分だ。

乙葉があまりの態度に顔をしかめていると、冬継が、気にするな、と言った。

「いつものことだ。あれで悪気はないのだ」

「でも……」

「それより、私の代わりに怒ってくれたのだな」

「あ」

乙葉は目を瞬かせた。今頃になって自分がしでかした無作法に気づき、真っ赤になる。

「そ、その、申し訳ありません、母君様のご機嫌をそこねるようなことを……」

「いや、嬉しかった」

「え」

「違うな、この場合、爽快だったと言うべきか。私のために怒ってくれる者など初めてで、うまく自分の心を言葉にできないが。心強く感じた」

ありがとう、と言って、冬継が、ぽん、と乙葉の頭に手を置く。そのままそっとなでてくれる。乙葉はますます顔を赤くしてうつむいた。

それから、冬継が母君について話してくれた。

「母はまた来ると言っていた。なら、そなたも知っておいたほうがいいだろう」

彼の母君はもともと家の奥に収まり夫の帰りを待つ、そんな素朴な暮らしが似合うおとなしい人だったそうだ。

なのに帝の御子の乳母《めのと》に抜擢《ばってき》され、政争に巻き込まれた。頼ろうにも夫も父も出世欲のない、政治の主流から外れた者たちで役に立たない。

「故に、自分がなんとかせねばと思い詰めているのだ。……母としてもきつい立場なのだ。姉が女御《にょうご》になり、左大臣家出の皇后を差し置いて長子を上げた。そのうえその子が東宮となった。そんな姉がいる家に通えば左大臣を刺激すると、男どもが近づかなかった。おかげで母は婚期を逃した。結局、伯父《おじ》に正妻として引き取られたが、そんな因縁ある姉の子に乳母としてかしずくことになったのだ。姉妹仲はよかったと言うが、複雑だろう」

それでもこれだけ宮のために奔走するのだ。亡き姉とその忘れ形見を愛しているのだろう。

そして、そんな事情を知るだけに、冬継も母君に何も言えないでいる。

母君の去った方向を見やりながら、冬継がぽつりとつぶやいた。

「前に宮様のもとで薫った護摩《ごま》の香りは、安産祈願のためかと思っていたが、違ったのだな……」

妃の平癒祈願にかこつけて、宮へと向けられた呪を跳ね返すために行った、穢れ祓いの護摩の香りだったのだ――。

そうして、再び苦しみ出した冬継を床に横たえ、薬師を迎えたりと忙しくしていると日が暮れた。あっという間に夜となる。

「姫さん、判官殿は無事か⁉」

「遅くなってすまねえっ」

口々に言いながら、放免たちが紙冠《かみかぶり》をつけたどじょう髭《ひげ》の呪術師を一人、引き立ててきた。

縄でぐるぐる巻きにされた呪術師を庭先に転がしながら、中主典が言う。

「まだ口を割らしてませんが、怪しいのを見つけたんで、とりあえず拉致ってきました」

「最近、急に金回りのよくなった、腕のいい外法師《げほうし》を片っ端から探したら、こいつが網にかかったんっす」

そんな彼らに、起き出した冬継が彼らの留守中にあったこと、宮の呪詛について話した。

他言無用と母君は言っていたが、中主典や放免たちは同じ検非違使の仲間、共に捜査する者たちだ。真の目的を隠したまま、動いてもらうわけにはいかない。

短気だが漢気《おとこぎ》の厚い放免たちは、事情を知ると拳を握った。

「そういうことなら俺たちも力を貸しますぜ」

「ああ、仕事抜きだ。判官殿を後回しにするのはうなずけないが、同時に調べるならかまやしませんぜ」

「……ったく、金にも得にもならないのに、このお人好《ひとよ》しのお坊ちゃまは。自分が死にかけてるってのに、普通、そこで他を救う話を受けますか。しかもここにも鬼母がいたよ。苦しむ我が子に何言ってんだか」

中主典だけはため息をついて嘆いたが、どうせすることは同じだし、と納得してくれた。

「ま、判官殿の母君のご気性はともかく、梅宮様自体は都でも評判のよいお人柄と私の耳にも入ってきますしね。いいでしょう。ついでいいなら捜査しましょう！　箱入りで死にかけの判官殿に一人で呪詛事件を調べるなんて無理だし、へたに首突っ込まれて死期を早めでもしたら、私のお守り能力も上に疑われちゃいますしね」

こうなっては乙葉も意思表明しないわけにはいかない。

「わ、私も」

自分から何かをすると宣言するのは初めてだ。目をぎゅっとつむり、どきどきしながら協力を申し出る。

「呪詛には詳しくありませんが、亡者や遺体についてなら私もお力になれます。馬姐様と連絡を取り合うこともできますし」

「……助かる」

冬継が素直に礼を言った。低い声が心地よい。

「じゃ、そういうことで。さっそく捕らえた術師の尋問を始めましょうか。判官殿、そこから上覧をお願いします。姫さんも嘘言ってないか、補佐についてください」

中主典が言って、冬継邸の前庭は急遽《きゅうきょ》、詮議の場と化した。

放免たちが地獄の獄卒顔負けの強面で、鞭《むち》や異形の棒を手に呪術師に迫る。

「おらおら、お前だろ、外法を行ったのは」

「黒幕を吐け」

「わ、わ、待ってください、確かにそれがわたしの生業《なりわい》だし、呪詛はしましたよ。だけど金で頼まれただけだ、呪う相手の顔も名前も知らないんです、ただ宿星の図を渡されただけでっ、まさかそれが判官殿だったなんてっ」

呪術師が真っ青になってがたがたふるえながら首を左右にふる。

「そ、それに脅しても無駄ですよ、わたしに何かあれば解呪はできません。あれはわたしが長年かけて作り出した独自の呪術で、一手間かけてますから、わたしにしか解けません。わたしを死なせたら判官殿も地獄行きですからねっ」

「だったらさっさと解呪しろよ。したら命だけは助けてやるから」

「それが呪の媒体に使った宿星を描いた人形《ひとがた》、つまり形代《かたしろ》が雇い主のところにあるんですよ。あれがないとわたしでもどうしようもありません」

「んだと、ごらあ、こっちが甘い顔してやってたらのらりくらりと、そのひょろ長い髭といい、お前はドジョウか！」

「なら、とっととその雇い主のとこに案内しろ。俺たちが形代とやらを取り戻してやる！」

「そんな、目隠しされて連れていかれたから、雇い主のことなどわかりませんよっ」

乙葉の異能を使うまでもない。嘘だ。何か隠している。素直に吐きそうにない。

「そうか、吐かないか。しょうがない、鞭の次は飴《あめ》の出番だな」

ふっと渋く笑った中主典が、拷問、もとい、取り調べに入った。階を下りて進み出て、呪術師の前にしゃがみ込む。

彼は畳んだ扇で呪術師の顎下をくすぐりながら、囁いた。

「お前のことだ。どうせ雇い主を脅して後で二度美味しい思いをするつもりでこっそり邸までの路《みち》くらい覗《のぞ》いてたろ。素直に吐けば量刑に手心加えてやってもいいんだぞ。放免どもは力自慢ばかりだ。本気で棒打ちすりゃ肉が裂ける。お前だって痛いのは嫌だろう？」

「鋭い。へ、へへ、旦那も同じ穴の狢《むじな》っすね。さすがは賭場で有名な中主典様だ」

呪術師が縛られていなければ両手で際限なくもみ手をしそうな勢いで、中主典をおだてる。

「落ちた、な」

「ああ。これであいつはいくらでもさえずるぜ。さすがは中主典殿だ。がっつり懐に入った」

「普段の行いが行いだけに、人生経験の幅と濃さが違うからなー」

……人界の検非違使の尋問術はすごい。まさに生き馬の目を抜く世界だ。乙葉の出番などまるでなかった。

呪術師が黒幕の名を知らないのは本当らしい。住処《すみか》から目隠しをされて連れていかれたのも本当。ただし、中主典が言ったように、こっそり布の隙間から覗いたり、歩数や歩幅を測ったりして、雇い主の邸の特定はできているらしい。

「脅すなんてそんなとんでもない。何かあった時のための備えですよ、備え。うふっ」

なので口では説明しづらいとかで実際に町に出て、雇い主のもとへ案内してもらうことになる。

呪術者がくどいくらいに何度も、

「絶対ですよ？　絶対に罪を軽くしてくださいよ。さもなきゃ呪いますからね」

と確認しつつ、案内の件を了承する。

逃亡防止のため縄でぐるぐる巻きにしたまま、黒幕や政敵たちに気づかれないようにと、冬継がどこからか借りてきた女車に放り込んで、移動する。

呪詛されている最中の冬継は黒幕に姿を見られてはまずいのと、いつまた苦しみ出すかわからないので、本人は行きたがったが病床に残し、爺に見張りを頼んだ。

呪術者には中主典が付き添い、見張りの放免たちも同乗する。

念のため、嘘発見役の乙葉も徒歩《かち》で従った。女車に同乗しなかったのは、大の男が四人も乗ってすでに重量過多だったからだ。車を引く牛が不満顔だ。

ゆっくりとした歩調で京の町を行き、やがて一軒の邸の前で呪術師が顎をしゃくる。

「ここですよ」

そこにあるのは門の脇に門番が常駐し、人が多く出入りする見事な邸宅だった。

被衣《かつぎ》をずらしてその門構えを見た乙葉は、目を丸くする。

「え？　ここって」

見覚えがあった。

そこは乙葉が人界へ来てすぐの頃、怪異騒ぎに巻き込まれた前土佐守の邸だったのだ。

3

「……あいつなら、やりかねないな」

報告を受けた冬継がつぶやいた。中主典も相づちを打つ。

「賄賂上等、付け届け上等、それが効かなきゃ逆ギレするお人ですもんね」

前土佐守であれば、冬継が母君の前で立てた黒幕像に一致する。

「黒幕は前土佐守、実行犯はお前か」

ただ、呪術師が呪を行ったのは一度だけだった。冬継にかけられたらしき宿星の呪のみを依頼されただけで、それはついこの間のことらしい。

「一月以上も前から体調を崩すような呪詛はわたしはやってませんねえ」

「では、宮様の呪詛とは無関係か」

振り出しに戻る、か。と冬継が難しい顔をする。

「だがなぜだ？　なぜ、前土佐守が私を呪う？」

中主典も浮かない顔をする。

「確かに変ですね。判官殿を呪っても仕方がないでしょう。あの男は吝嗇家《りんしょくか》だから、わざわざ金を出してまで何かをするのは、出世目当てとしか考えられないんですが」

呪術者から聞き出した報酬の額はけっこうなものだった。

「次郎丸の件で前土佐守をやり込めたから、それで逆恨みしたんじゃ」

「そんなことくらいでわざわざ呪いをかけるか？　ケチのあいつが、金を積んでまで」

「確かにそこまでしませんか。あのケチが金を積んでまで」

そこで、ちょっと待ってください、と呪術師が口を挟む。

「あのー、話を聞いてると、その前土佐守ってわたしの依頼主なんですよね？　あのケチで小心者で、金にうるさそうな小男の」

わたし、こう見えて呪術師歴長いんですよ、と彼が言う。

「おかげでいろんな依頼主を見て目も肥えました。金払いのいい依頼主もいれば、口封じだと即、斬りかかってくる危ない御仁もいますし、呪術を行うには依頼主の邸なんて相手の領域に入らなきゃいけないんです。だから身を守るために人を見る目も鍛えられるんですよ」

そんな彼曰く、小心者のケチが金を積んでまで相手を殺そうとするのは、目の上の瘤《こぶ》な邪魔者を「お前がいるから」とひがんで消そうとする時か、口封じの例が多いそうだ。

「なんのかんのいって小心者って臆病なんですよねー。だから自分のことも相手のことも信じない。人が自分のために好意で何かしてくれるなんてあり得ないって思ってるし、約束を守る相手がいるなんて思ってない。だから絶対、口外しないと言っても信じないんです。高い確率で用が済めばこっちの口を封じに動いてきます」

「だが口封じと言っても私にそんな覚えは……」

あ、それなら、と中主典がぽんと手を打った。

「ほら、あれじゃないですか？　判官殿、犬の亡者のことは黙ってるって約束した後で、あの女童《めのわらわ》を引き取ったでしょ？　ほら、波多《はた》って犬の世話役だった男の養女を。それ、自分に引き比べて、判官殿が証人を人質に取った、脅してるって逆恨みしてるんじゃ」

「は？　あの女童は先に前土佐守が暇《いとま》を出したのだろう。私はそれを拾っただけだぞ」

そこで、呪術師が、あ、それですよ、間違いありません、と訳知り顔をした。

「そりゃ狙われるはずですよ。だってつまり判官殿は前土佐守が呪詛したことを知る娘を手にしてるってことでしょ？」

「は？」

なぜ、そうなる。

皆が呪術師を見るが、かえって彼はきょとんとした顔で言った。

「いや、だってさっき、犬の亡者って言ったでしょ？　で、その宮様の体調不良が起こりはじめたのはわたしが呪ったより前だって。なら、犬を使った呪術があるじゃないですか」

呪術師曰く、彼は行わないが、犬を殺して自分に取り憑《つ》かせて富貴を求める、犬神《いぬがみ》憑きの家系が海の向こうの土佐《とさ》や太宰府《だざいふ》の方面にあるそうだ。なんとか心証をよくせねばと思ってのことだろう。呪術師がもみ手をしつつ、呪術の知識を披露する。

「後、犬を使った蠱毒《こどく》だったかな。そんなのもあるそうですよ。なんでも犬を首だけ出して土に埋めて、極限まで飢えさせた後、その前に魚を置いて、食べたがる犬の首を斬り落として、辻《つじ》に埋めたりするのだとか」

あるのか！　そんな呪術が！　皆がごくりと息をのんだ。

「……前土佐守の前の任地って名前通り、土佐だよな。四国の」

「そういや一月ほど前、辻が掘り起こされてる、均《なら》してくれって依頼、なかったか？」

「てか、次郎丸！　あいつの首、そもそもちぎれかけてるじゃないかっ。姫さんが生前につけられた傷だって言ってたよな⁉」

「でも切り落とすのが呪術なんだろ？　次郎丸の首はくっついてるぜ？」

呪術ではないのか？　が、放免の一人がぽつりと言った。

「……そういやあの女童、次郎丸に兄弟犬がいるって言ってなかったか」

言っていた。乙葉も聞いた。

「それに、もう他は贈った後で邸には次郎丸しかいなかったんだろ？　いくら元が献上用の犬でも一頭しかいない犬のために普通、人を一人召し抱え続けたりしないぜ」

「犬が次郎丸の他に残ってたってことか？　でも、あの日、俺たちが行っても一頭もいなかったぞ」

邸中を探索してもその姿も鳴き声も聞こえなかった。

「……もしかしたら波多さんが知らないだけで、次郎丸の他にも邸に残されていた犬がいたのではありませんか」

乙葉は言った。

次郎丸は優しい犬だった。怨みなどの負の感情とは無縁だ。犬神を作るのに適していない。

それに首を一刀のもとで斬り離すことができなかった。だから前土佐守の思惑通りの犬神にはならず、ただの首がちぎれかけた亡者になった。

「だから、他の犬を使った」

犬を使った呪術は失敗、成功を含め、複数回行われたのだ。

「確かに他家へ献上した犬もいたのでしょう。ですが欲しがる者がいなかったなど、邸に残され、呪術に使われた犬もいたのでは」

もともと犬はたくさんいたのだ。多頭飼いだったからこそ、犬飼いを召し抱えたのだから。

そして可愛がっていた犬が献上品ではなく、呪術の道具にされることを知って波多の養父は抗議し、それを主への反抗とみられて折檻《せっかん》され、死んだのでは。

「そういや、犬飼いと次郎丸が死んだのは同じ夜だって、あの女童言ってたよな」

「あの夜、呼び出されて。しばらくしたら邸が騒がしくなって、養父さんは主に反抗して打たれた、逃げようとして暴れて死んだって聞かされて。戻ってこなかった、って」

当たり、かもしれない。

目の前で次郎丸を殺され、犬飼が前土佐守に抗議したのなら。そしてそれを反抗的だと受け取られて折檻を受けたのなら。

「となると、こじつけかもしれませんが、偶然とは思えない一致がありますね。姫さん、一家皆殺しになった、蕃案主の父親の主家のこと、調べてましたよね」

中主典が難しい顔をして言った。うなずく。それがきっかけで馬頭鬼が人界へ出張してきて、冬継の呪いのことが判明したといっていい。

「あの邸の主、前にも言いましたが、人徳のあるお人で、前土佐守が妬んでた……、もとい、目の上の瘤に思ってたんですよ。あいつさえいなけりゃ俺はもっと上に行けるのにって一方的に。けっこう怨んで嫌がらせとかもしてたそうですよ。それもあって蕃案主はあの夜、邸に泊まったんです。見慣れない者や獣がうろついてるって父親から聞いて」

そして、邸の主の首には呪詛の匂いを漂わせた獣の嚙み傷があった。

「まさか」

「ええ、たぶん。犬を何頭殺したらそれだけのことができるか知りませんが」

冬継が言った。

「前土佐守の邸にいた犬は何匹か、調べよ。同時に、どこの邸に何匹、贈られたかもだ！」

「それと、辻のほうも。埋められたものがないか見てこいっ」

中主典が、急げ、と叫ぶ。

放免たちが四つ辻の真ん中を掘り起こしてみると、案の定、死後一月半は経ったかと思われる、犬の頭が一つ出てきた。腐敗はしているが毛皮が残っている。

「土の中だと腐敗が遅い、姫さんが言ってたよな？　こいつがきっと宮様か蕃案主の件で呪いをかけたやつですよ。日数が合う」

今は冬継の実家で働いている犬飼いの養女、波多にも確認をとった。彼女を連れてきて見せると、次郎丸の遺骸ではない。兄犬の首だと、彼女は泣き崩れた。

「どうして、献上されて大事に飼われてると思ってたのにっ」

そして、「うちの里には確かに犬神の家系がいた」と証言した。

「でも、うちも養父《とう》さんとこも呪のかけ方なんて知らないよ。ちょっと聞きかじったくらいで」

その点は冬継に宿星の呪をかけた呪術師にも確認した。掘り返した犬の頭や、一家皆殺しになった邸へ連れていき呪術の痕跡を見せて聞いた。彼曰く。

「間違った聞きかじりの知識で犬神を作ろうとして失敗したんでしょうね。蠱毒と、憑いた主に富貴をもたらす犬神の術がごちゃ混ぜになってますよ。そのあなたたちが言う宮様の命が尽きてないのは、そのせいじゃないですかね」

だそうだ。

「つながった、な」

冬継が言った。

「呪術師を雇った黒幕は前土佐守。宮様とくだんの邸を犬を使って呪詛し、それをごまかすために夜盗を使って襲わせたのは、出世のため。私の件は犬のことで首の根を押さえられたと感じた逆恨み。それで新たな術士を雇い、宿星の呪を放った、と」

物証がいる。

前土佐守のこれ以上の凶行を止めるため、彼を捕縛する理由となる証拠が。

「そのついでに、判官殿の呪いの形代も取り返さないと。早くしないとこの人、本気で死んじゃいますよ」

口調は軽いが、中主典が深刻な目で、また新たな痣の浮き出た冬継の胸を見る。

すぐに己の症状を隠す冬継は最近、部下からの信用がない。爺の立ち会いのもと、毎朝、放免たちに衣を剝かれて痣の数を確認されている。

乙葉もそれを黙認している。命のほうが大切だ。

「幸いというか、前土佐守が黒幕なら宮様の件は公にせず、判官殿と蕃案主の父の主家の件だけを表に出してことを収められます。左大臣は堂々と蜥蜴《とかげ》の尾を切るでしょうし、後で難癖をつけられることもありません」

「前土佐守をなんとしても捕らえる。これ以上、宮様に手出しできないように」

それに一人生き残った姫君の一家や、犬たちや。

無念を晴らす。もう他に犠牲を出さないよう、徹底的につぶす。

さて、どこから手をつけるか。

「とにかく、前土佐守が呪詛を行った証拠を、この呪術師の他にもいろいろ集めればいいってことですよね」

地獄の鬼籍を見れば蕃案主の父親の主が呪殺だったことも、次郎丸の死因もわかる。が、それを人界の裁きの場に出すことはできない。乙葉が協力しているのは突発的状況故の出来事で、本来、地獄の事柄を人界に持ち込むことはできないからだ。

必要なのは人界で人が得られる証拠だ。

再び車座になり、以後の捜査方針会議となる。なぜか呪術師までもが縄をかけられたままだが呪術方面の助言者として同席している。

しばらく、うーんと皆で考えて、ふと気づいた、というように冬継が言った。

「そういえば、犬飼いはなぜあそこまでひどく叱責を受けた？　獄舎ではあるまいし、死ぬほどの折檻を普通、家の者にふるうか？」

「そりゃ、殺すつもりで折檻したからでしょ。生かす気なら途中でやめるでしょ」

お得意の口封じでしょ、と中主典が言って、冬継が「そこだ」と、突っ込む。

「雇った男の口を封じるのは通常、用が済んでからだ。だが今回はまだ用は済んでいない」

宮の命は無事だ。

「聞きかじりでも呪詛の知識がある者は貴重だ。あの吝嗇家のことだ。使えるとなれば骨の髄まで使い倒す。せめて呪詛がうまくいったか確認するまでは損ねたりしないだろう。そもそも犬飼いを殺したせいで呪を行える者がいなくなり、ここにいる呪術師を新たに雇ったのだから。二度手間だ」

「そりゃ、大事にしてた犬を殺されたから。もう嫌だって抵抗したからじゃ……」

「だが、あの邸には波多がいた」

中主典がはっとする。

「犬飼いに言うことを聞かす人質にもできたのだ。なのに前土佐守は貴重な使える男を殺した。それだけのことを犬飼いはしたということだ。そこの外法師が言ったな。『小心者のケチが金を積んでまで相手を殺そうとするのは、目の上の瘤な邪魔者を始末する時か、口封じの例が多い』と。状況からして犬飼いは呪術が成就すれば、用が済めば殺されると察していただろう。そして自分が逆らえば、波多が危険にさらされることも。だから逃げようとしたのではないか？　これ以上、利用されないために。大事な養女を護《まも》るために」

波多も証言している。「あの夜、呼び出されて。しばらくしたら邸が騒がしくなって、養父さんは主に反抗して打たれた、逃げようとして暴れて死んだ」と。彼は、逃げたのだ。

「だが、逃げれば当然、追っ手がかかる。ならどうすればいいか。そなたならどうする？」

「……私なら、何か証拠を手に入れます。前土佐守の悪行を邸外にいる誰かに伝えられるものを。それを質にして身の安全を図るか、自分を庇護してくれそうな相手のもとに駆け込む土産にします。自分じゃ前土佐守をどうにもできないから、誰かあの男を裁いてくれと」

だから前土佐守が怒った。

追いかけ、捕らえ、証拠はどこだと拷問した。そして犬飼いが口を割らないことに憤り、やりすぎて死なせてしまったのではないか。

「そして前土佐守はその証拠をまだ回収できていない。宮への呪詛から私の呪詛まで時間が開いたのはそのせいだ。どこかに隠された証拠を探すため。あの男が波多を続けて邸に置いていたのも何か渡されていないか監視するためだろう」

怪異騒ぎに陰陽師を呼ばず、わざわざ怪異は管轄外の検非違使を邸に入れたのも、邸に残った呪詛の痕跡を見破られないようにだったのかもしれない。

「その前土佐守が波多を邸から出したと言うことは、彼女を見張った末に、この娘は何も知らない、証拠は邸内に隠されていないと確信したからだ」

言って、冬継が命じた。

「犬飼いの遺骸を探す。何か残されているかもしれない。それがなくとも、激しい折檻の痕が残っていれば、なぜこんな折檻をしたと、糺《ただ》す理由になる」

それに前土佐守は次郎丸や辻に埋めた犬など、複数の犬の死骸を捨てたはずだ。

一太刀で犬の首を落とすのが呪術の作法なら、首の骨に跡が残っている。陰陽師に見せれば貴重な物証になる。

「遠回りだが、前土佐守にたどり着けるかもしれない」

京の都で死骸を捨てるなら、場所はだいたい決まっている。

鴨川《かもがわ》の河原、鳥辺野《とりべの》、船岡山《ふなおかやま》だ。

近くの廃屋や空き地に捨てる場合もあるが、前土佐守の心理からしてなるべく足のつきにくそうな、他にも多くの遺骸がある場所、邸から離れたところに捨てようとするだろう。

「現に、前土佐守は次郎丸の遺骸を『鳥辺野に捨てた』と言ったからな」

とっさのことだ。真実を口走ったのだろう。なら、他の遺骸もばらばらに捨てるなど面倒なことはせずに、まとめて同じ場所に遺棄したはずだ。

今回は、多少は体調不良で倒れても見ているのは放免たちか死骸だけ、という現場なので、冬継も参加し、直接、指揮を執ることにした。

「わたしも手伝うよ」

養父のことを聞くために邸に招いていた波多が、きりりと髪をかき上げ一つに結んでいる。一緒に来る気満々だ。

「本当のことが知りたいんだ」

そう言う顔は決意に満ちていて、中主典も放免たちも危険だとは言えなくなった。

乙葉も同行を申し出た。が、こちらは、駄目だ、と冬継が禁じた。

「そなたは留守番だ」

「どうしてですか。葬送地なら亡者の皆さんもきっとおられます。探すのを手伝ってくださるかもしれません」

「だからだ。そなたの存在を公にはできない。内密に収めた次郎丸の件と違い、今回は最終的には宮様も絡んで陰陽寮の陰陽師たちも出てくるだろう。事情聴取の場で、万が一、そなたのことを聞かれたらどう答えればいい」

鳥辺野には波多も行く。そこで乙葉が亡者たちと語らう姿を他に見せてしまったら。放免たちや世慣れまくった呪術師なら裁きの場に出ても適当にごまかすこともできる。が、まだ幼く真っすぐな気性の波多では、口裏を合わせても、「遺骸を見つけたのはお姫様で、お姫様は地獄の人なので亡者と話ができるんです」と、証言してしまうかもしれない。

「幸い、次郎丸の件では火の玉たちこそ飛んでいたが、そなた自身は『私は死に戻りです』と言っただけだ。地獄から来たとまでは他にばれていない。なるべくあの件には触れずに審議が進むよう流れを持っていくし、前土佐守も自分の罪状が増えるだけだから、こちらが触れなければ他のことは自分からは口にはしない」

つくづく乙葉に人界での籍がないことが不便だ。

あまりに悔しそうな、寂しそうな顔をしていたので、冬継は、

「その代わり、そなたは火の玉たちとこの邸で証人となる呪術師を守ってくれ。それに邸には留守居役が必要だ。母が進展を聞きに来るやもしれない」

と、声をかけた。それも重要なお役目だ。

「馬の姐さんもまた来るかもしれないんでしょ？　その時、残っててくれないと困ります。爺やさんは老い先短いんです。他にもびっくりな地獄の住人がぞろぞろやってきて、驚い

てぽっくりいったらどうするんです」

中主典も主張して、乙葉も仕方がないとあきらめたようだ。邸で待機することを了承した。

そうして、やってきたのは鳥辺野だ。

昼だというのにうら寂しい原野のあちらこちらから髑髏《どくろ》が覗いている。

「さあ、探すぞ」

手近な茂みをかき分け、骨を拾い上げた冬継に、放免たちがげんなりした顔をした。

「げー、本気っすか、判官殿」

「もう一月以上、経ってるぜ。まだ卯月《うづき》とはいえ、筍の走りが出るくらいの陽気なんですから、死骸なんて残ってないっすよ」

「肉は腐り落ちているかもしれんが、骨は残っているはずだ。骨には当然、刃痕が残っている」

幸いというべきか、今年は冬が暖かく、他に餌があったからか遺骸はあまり食い荒らされていない。

「けど、どれが犬の骨でどれが犬飼いの骨なのか」

「姫さんがいれば一発なんだけどなあ」

「とにかくそれらしい骨を集めてこい。波多に判別してもらう」

多量の遺骸を前にさすがに顔の強張りを隠せない波多が、それでも「任せて」と言った。

その気丈さに、放免たちもそれ以上は文句も言わず広い鳥辺野に散っていく。

さすがにばらばらに散らばった人体は集めづらい。なので、それらしいものを見つけると波多を呼ぶという効率の悪いことをしながら探していると、打ち捨てられ、朽ちるに任せた遺骸が多い中、荼毘に付したのだとわかる焦げた骨を見つけた。

(……誰か貴人か裕福な者の骨か)

それを見やりながら、ふと、冬継は疑問を抱く。都内への埋葬を禁じた律令があるため、死人が出ると貴族であろうと遺骸は野に運び出す。陵墓を築いて埋葬するのはごく一部だ。

乙葉の母が己の記憶を消した後、乙葉のことを〈死んでいる間に身籠もった子〉と考えたのも、遺骸が死後、野にさらされ、その間に犯されたと考えたからだろう。

うら若い娘の遺骸ですら、野に置くのだ。

ましてや赤子だ。幼子は早世することが多く、三つまでは人とはみなされない。丁寧に埋葬するなど常識外れとみなされる。愛娘《まなむすめ》を失った貴族でも、泣く泣く野に置き、翌朝見に行くと遺骸がなくなっていた、獣にでも引かれたか、と嘆いた歌を遺しているくらいだ。

(なのになぜ、私はわざわざ荼毘に付されたのだ?)

赤子とはいえ、人を一人燃やすとなると薪《まき》などの準備がいる。

あの頃は母も産後の身で、託された宮の養育もあり余裕がない時期だった。父から見ても他に何人も男子がいる中で死産した子だ。丁寧に葬ったりはしないだろう。

（しかも生まれながらに死の穢れを負っていたのだ。これから新たにお生まれになる宮様に穢れを移さぬよう、早急に遺骸を母のもとから離し、野に捨てるのが普通だと思うが）

と、首を傾《かし》げた時だった。

「見つけたっ」と声がした。

「判官殿、犬の死骸を見つけましたぜ。でかいし、どうやら次郎丸の兄弟っぽいです」

見つかった遺骸は複数だった。皮も一部、残っている。

「……この毛並み、一朗太《いちろうた》だよ。養父さんが一等、可愛がってた。養父さんと次郎丸が死んだ次の日に、どこかのお邸へ献上されたって聞いたのに……」

こっちも、こっちもと、見覚えのある犬たちの毛に触れ、波多が顔を強張らせる。

そして、最後に。

犬たちの近くから見つかったのは、無残にも四肢の骨が折られた男の遺骸だった。

「よかったです。こちらも思ったより荒らされていません」

烏《からす》に目玉とはらわたをつつかれているだけで、後はきちんと残っている。すでに肉は溶け、骨が見えているが、あまりに血で汚れ破れていたからだろうか。纏《まと》った衣も剝ぎ取られていなかった。

見覚えは、と聞くまでもなかった。

「これ、養父さんの衣だ……」

駆け寄った波多がすがりつく。

手を合わせ、持参した香を手向けてから、腐臭に嫌な顔をしている放免たちに手伝わせ、腑《ふ》分《わ》けをする。骨に干からびた腐肉がくっついている有様だが、それでもほぼすべて残っている。

「ん？　何か腹にありますぜ」

ちょうど、胃の腑があったところだ。腐肉をかき分けると、そこに薄い木の破片が数片あった。それに髪が幾本かまといついている。つやつやと黒い色をしているが、短い。男のものだ。

そして木片はつなげると細い平面になった。どうやら檜《ひ》扇《おうぎ》の破片らしい。血や腐汁がこびりついているが、絵と字が書かれているのがかろうじて見える。

「……宮様の字だ」

宴などの際に貴人が手持ちの品に歌などを書き、下賜するのはよくある。それを前土佐守が手に入れ、形代として使ったのだろう。状況からして、髪も宮のものだ。

「これがあれば前土佐守を罪に問うことができる」

犬飼いは自分が殺されることがわかっていたのだろう。せめてもと飲み込み、証拠を邸から持ち出そうとした。これ以上、呪詛が行われることを、犬たちが殺されることを阻止しようとしたのだ。

波多が再び泣き崩れる。

冬継も付き従った放免たちもかける言葉が見つからなかった。

波多の心が本当に望んでいることとは違うとわかっている。それでも「敵は討ってやる」「俺たちは検非違使だから」としか言えなかった。

証拠が必要になったら掘り返せるよう、遺骸を丁寧に集めて埋葬し、見張りを立てる。

それから、波多を父の邸まで送っていった。

まだ童だというのに、彼女には酷なことを強いた。それにこれからも裁きの場に証人として立ってもらわなくてはならない。

「今日はゆっくり休ませてやってくれ」

久しぶりに顔を見せた〈若様〉に、あわてて迎えに出てきた父邸の者たちに頼む。

あの無表情な氷の若様が頼みごと、しかも女童を気遣っている⁉

父邸の者に雪でも降るかと驚かれたが、この邸の者は爺といい、口ではいろいろ言いながらも人の面倒を見てくれる者が多い。死に戻りの冬継の世話すらきちんと行ったほどだ。

(波多を預けても大丈夫だ)

いずれは立ち直ってくれることを願って、冬継は実家を後にした。

馬の手綱を取り、前を向くと、高揚した声で中主典が言った。

「いよいよ前土佐守と対決ですね」

「ああ」

懐の檜扇の破片と髪の筋を入れた包みに手を触れる。さあ、次はどう動くか。まずは自分が呪詛されたことを報告しなくてはならない。宮の件はその後だ。

そう、これからの手順を考えていると、突如、声があがった。

「なんだ、あれ。火事か？」

「え？　あっちって判官殿の邸の方角じゃ……」

「何？」

暮れかけた空を見やる。煙が見えた。確かにそれは冬継の邸がある方角だった。

(あそこには乙葉が！)

中主典も顔を強張らせて言う。

「な、なんで。火の玉たちがなんかしたのか⁉　おい、とにかくお前ら人を集めてこい、消さなきゃ……！」

皆まで聞かなかった。

冬継は馬に鞭を当て、飛び出していた。

その少し前のこと。

乙葉は冬継の邸で、懸命に見張り役を務めていた。

「に、逃げ出そうとなさったら火の玉をけしかけます。火力が強いですから腕一本とか部分的に一瞬で焼き溶かすことができますから！」

久しぶりに納蘇利の面をかぶり、火の玉たちと一緒に、恐ろしい地獄の官吏を演じる。

が、そんな虚勢は「人を見る目がある」と豪語するどじょう髭の呪術師には通じない。

彼は姿を隠すためにと押し込めた塗り籠《ぬごめ》の奥に寝転がり、

「あー、判官殿はまだですかねえ。早く事件解決してもらわないと家にも帰れないよ。あ、お姫さん、ここ、食事は出るんでしょうね。酒も頼みますよ」

と、完全にくつろいでいる。

（……中主典殿以上の面の皮の厚さかもしれない）

上には上がいるというか、前土佐守といい、母君といい、あんなに穏やかな冬継なのに、どうして周りにはこういう我が強い人たちが集まるのだろう。

「でも、おかしいなあ」

呪術師が手を縛られたまま、器用に首を傾げる。

「その馬の鬼とやらは判官殿を見て、宿星の呪いがかけられてると言ったんですよね？」

自分がかけたんじゃないですか！　と乙葉は怨みの籠もった目で呪術師を見る。協力的な証人だと頭ではわかっていてもなかなか割りきれない。

「実はわたし、誰に呪いをかけるかまではわからなくても、だいたいどれくらいの地位の人を狙ってるかくらいは判断はつくんですよねー」

「え？」

「ほら、雇い主の剣幕とか醸し出す雰囲気ってあるじゃないですか。前土佐守の場合、『今度は絶対失敗できん』『また失敗すればあの方がなんとおっしゃるか』とか言ってて。こりゃただごとじゃないな、かなり上の人狙ってるよ、呪いが成就して用済みになったら即、消されるなって感じで」

ま、だからこそ帰りも注意して路を見たりしてたんですよねー、と彼は言う。

「判官殿を呪ったのは口封じじゃって言い出したのはわたしですけど、よく考えたら雇い主の気合いがただの口封じって感じじゃなかったんだよなあ。『今度こそ』って言ってたわけだし。判官殿が呪詛されたのって一回だけなんでしょ？」

どういうこと？　乙葉は目を瞬かせた。

そこへ爺が、母君が訪れたとあわてて告げにきた。

「主は不在だと申し上げたのですが、待つ、とおっしゃって……」

犯人を探せと命じたのはつい数日前なのに、気になってやってきたらしい。

(こんな時に)

冬継を産んでくれた人ではあるが、前の諍《いさか》いめいたやりとりもある。口べたな乙葉としては正直、あまり会いたい人ではない。

が、邸に女房などの女手がない以上、母君に白湯《さゆ》を献じたり、傍らに控えたりできるのは乙葉しかいない。しかたなく御前に膝行《しっこう》し、言上する。

「……もうしわけありません。判官殿は犯人探しのために出かけておられます。お戻りはいつになるかわかりません」

「よい。待つ、と言ったはず」

「……宮様のお傍におられなくてもよろしいのですか」

「私がいたところでお役には立てぬ。何より、吉報も持たずにどうして苦しむ宮様のもとへ戻れよう」

ぎりり、と母君が歯を嚙み締める音が乙葉のところまで届く。大変、気まずい。

(判官殿、皆さん、誰でもいいから早く戻ってきて……)

その時だった。乙葉の願いに応じるように、馬頭鬼と共に地獄へ戻っていた次郎丸が帰ってきた。

『わん！』

（次郎丸——っ）

ちぎれかけた首をぷらぷらふってお行儀よく帰宅の挨拶をするが、よりにもよってどうして今《ただいま》ここに。

次郎丸は悪霊ではなくただの亡者だが、霊格が高いらしく、その姿は霊感のない者でも見えるのだ。前土佐守の邸でもあらゆる者にその姿を見せていた。

当然、母君にも見える。

乙葉のことを地獄の下僕と思っている母君は、前に火の玉たちを見たこともあり、次郎丸を見ても失神はしていない。が、それでも蒼白になっている。

「そ、それは、なんだ。く、首がもげて……」

「あの、ちょっと失礼します」

宮様に呪詛をかけた黒幕が使った犬です、とばれては母君がどれだけ荒ぶるか。

（絶対、『それがなぜここにいる、呪詛を行ったのはやはり我が息子か！』となる）

あわてて乙葉は次郎丸を母君からは見えない、塗り籠めの中まで引っ張っていった。すでに先客として呪術師がいて、「うわ、なんで亡者がっ」と悲鳴をあげたが他に場所がない。

とりあえず、次郎丸が背に文を結わえていたので見ることにする。

馬頭鬼からだった。

『乙葉ちゃん、判官殿は無事？　手間取ってごめんなさい。〈藤原冬継〉の鬼籍、書き写したから送るわ。鬼籍を見るのに閻魔庁に顔を出したから手が空いてるのがばれちゃって。なんか天界から視察の一行がいらしたとかで大忙しなのよ。厨の応援を頼まれたからしばらくそっちに行けそうにないの。だから犬ちゃんに言づけるわね。手が空いたらすぐ行くから。がんば！』

同封されていた、藤原冬継の鬼籍の写しを見る。死因はやはり呪殺とあった。

そして名の欄の前に、彼の宿星が書かれている。

宿星とは大陸から伝わった星座を基にした、暦法にも通じる星の分類法だ。二十八宿に分けられた星の位置でその者の属性や、これからの出来事などを読み取る。

乙葉はさっそく、宿星の欄をじっくりと見る。

生まれた日時は一月二十日の子《ね》の刻。生まれた場所は京の都の東の外れ、元山城国《やましろのくに》宇治郡大領《じのぐんたいりょう》の別邸。

己が死に戻りであると告白した時、嘘、と言った乙葉を納得させるために冬継は、前に乙葉が告げた生まれた場所を見に行ったのだと言って、都の絵図も見せてくれた。それを引っ張り出し、念のため、都の地理に詳しい地元民である呪術師にも見てもらう。

冬継は曾祖母の邸で生まれたと昔語りをしてくれたが、呪術師の言葉と絵図を照らし合わせても、場所は同じだ。合っている。

（お義母《かあ》様の言葉は正しかった……）

やはり冬継は逃げた亡者だったのか。目の前が暗くなって、乙葉は床に両手をついた。

一縷《いちる》の望みを抱いたが無駄だったと、力が抜けていく。

そんな乙葉の手元を呪術師が覗き込んでくる。

「これが鬼籍って奴ですか。ほー、参考になりますね」

なんの参考にする気だ。

乙葉はあわてて隠そうとした。が、呪術師が、あれ？　と首をひねる。

「これ、本当に判官殿の宿星なんですか？」

「そうですけど……」

「でも、私が前土佐守から見せられたのと生まれた時刻が違ってますよ」

「え？」

「私は本職の呪術師ですよ？　自分が呪った相手の宿星くらいきっちり覚えてますよ。私が呪った相手は、この宿星の主ではありません。この人より後の時刻に、同じ場所で生まれた相手です」

彼が自分が呪詛に使ったという宿星を、傍にあった紙に描いてみせる。

それは乙葉が持つ〈藤原冬継〉の鬼籍にある宿星と、生まれた場所も日も同じだ。が、生誕時刻だけが、〈戌《いぬ》の刻〉と、鬼籍のものとは違っていた。

〈藤原冬継〉の鬼籍にある時刻は〈子の刻〉。前土佐守が間違えて渡したの……？）

それとも。乙葉は勢い込んで言った。

「呪術師さん、あなたはご自分が呪ったのは、もっと前土佐守にとって重要な相手と言いましたよね？　しかも二度目らしかった、と」

もしや前土佐守は犬神の呪詛でも死なせることのできなかった宮を今度こそ殺すつもりで、呪術師に宮の宿星を渡したのではないか。

「ところがあなたが実際に受け取ったのは宮様のものではなく判官殿の宿星だった。もしやお二人の宿星は取り違えて公表されているのでは」

なら、生まれた場所が同じで時刻がずれている説明がつく。

「宮様の母女御様は御所ではなく、当然、里下がりをして宮様を産まれた。女御様と判官殿の母君は姉妹だもの。女御様の産屋を他の妊婦と一緒に設けるとは思えないけど、人界には方違《かたたが》えの風習があるのでしょう？」

蕃案主の父の主家の姫も行っていた、方角が悪いと、場所を変える陰陽道の技だ。

「当時、なんらかの理由で、二人の妊婦が同じ邸に居合わせる偶然が起きたのでは？　そして生まれたのが二人の赤子。宮様ともなればご身分上、呪詛の危険がある。だから宮様を守るためにわざとお二人の宿星を取り違えて公にしていたとか」

宮の叔母《おば》で乳母である母君ならできる。

「いや、それは無理でしょう」

呪術師が言う。

「だって、その鬼籍の写しには〈藤原冬継〉ってしっかり判官殿の名が記されてますよ」

「あ」

「判官殿が心配なのはわかりますけど、落ち着いてください。そもそも宮様と判官殿は乳兄弟でしょう？　なら、普通、主従の従のほう、乳母子のほうが一月かそこら先に生まれるものですよ。それを見越して乳母を選ぶのだから。この二つの宿星は生誕日が同じと異例でも、一応、時間差はあるし、乳母子の判官殿のほうが先に生まれてる。合ってますよ」

そういえば冬継は母君が晩婚だったようなことを言っていた。高齢の初産には危険がつきまとう。予定日がずれたのかもしれない。

それでもためらう乙葉に、呪術師が言った。

「判官殿の母上に聞きに行けばどうです。この宿星が正しいか。我が子の生まれた時刻なら記憶しているでしょう」

呪術師は「ほら、聞けば」と言うが、母子の微妙な関係を知っている。聞けない。

それになんだろう。へたなことを聞けば悪いことが起こる。そんな切羽詰まった嫌な予感がひしひしとする。

『乙葉ー、とりあえず俺たちが判官殿呼びに行ってこようか？』

『で、本人にもう一度、ちゃんと自分の宿星を見せて聞いてみろよ』

『そうそう、ここで一人で考えてても答えなんか出ないぜ』

かわりばんこにふわふわ宙を飛んで乙葉の顔の前まで来て、火の玉たちが言う。

その、三つの火の玉が入れ替わる様に、ふと、乙葉は思った。

そっくりな三兄弟。彼らは三つ子だ。なのに見分けがつくのは、額に、一、二、三、と炎の陰影で字めいたものが浮かび上がっているからだ。

初めて会った頃、幼い乙葉が見分けがつかず困っていたら、『こうすりゃわかるだろ』と浮かび上がらせてくれた。

今ではもうこんな字がなくとも見分けがつくのだけど……。

「あ……」

そこで思わず声をあげる。以前、自分が冬継に説明した名と宿星の関係を思い出したのだ。

「二人が取り違えられたまま成長し、元服して、親が弟のほうに、〈佐一《すけいち》〉と新たに名を与え、逆に兄を〈佐二《すけじ》〉としても。鬼籍には、長男、つまり先に生まれた子の名が〈佐二〉、弟が〈佐二〉と載るのです」

彼に語る自分の声が脳裏に蘇《よみがえ》る。

「それで、だったのですね……」

謎は解けた。乙葉の推測が正しいなら、呪術師のかけた宿星の呪いさえ解呪すれば判官殿は死なない。死ぬのは、いや、死んだのは、犬神の呪いを受けた梅宮のみだ。

そこへ衣擦《きぬず》れの音がした。

母君だ。

乙葉が怪しい犬の亡者と塗り籠めに籠もり出てこないので、不審に思ったのだろう。猜疑心を浮かべた厳しい顔で扉口から覗き込んでいる。彼女は目ざとく乙葉が持つ文に目を留めた。

「……それは」

「地獄より取り寄せた、鬼籍の写しです」

乙葉は母君に向き直る。冬継と宮の宿星なら何度も見て覚えているであろう母君に、文を示す。

「私がこの世に来たのは、前にもご説明した通り、逃げた亡者を追うためでした。その名前を、まだ告げていませんでしたね。……実際には私はその亡者の顔を見てはいないのですが」

前は母君が混乱するだろうと逃げた亡者の名は出さなかった。が、今は言う。

天界の人命帳と地獄にある鬼籍には天帝の力が宿っていて、人の宿星と名が浮かび上がる。それは誰にもごまかせないのだと説明した上で告げる。

「私が探している亡者の名は、〈藤原冬継〉と言います」

母君が息をのんだのがわかった。

それはそうだろう。乙葉は続けた。自分が相手の顔を知らなくても人界に来たのは、名と、宿星がわかっているのだからすぐ見つかるだろうと思ったからだと。

「顔を知らずとも、すでに死亡した人ではあるし、人界のその日に死んだ者で、年齢が合う者を探せばすぐ見つかると思っていたのです」

だが、自分がそうだと告白してくれた冬継はどこから見ても亡者ではなくて。

「考えたのです。亡者ではない判官殿がなぜ、逃げた亡者である〈藤原冬継〉なのか」

最初は自分の亡者を見抜く目がおかしいのか、それとも嘘を見破る異能が自分の〈願い〉のせいでうまく働いていないのかと思った。

「だけど、もっと単純な話だったのですね」

彼と宮をつなぐ女人がいる。

そのことにもっと早く気づけばよかった。

「宮様と判官殿は入れ替わっていたのですね。赤子の時に、あなたの手で」

ふっと母君が笑った。

「そうか、地獄には鬼籍というものがあるのか。そこまでは考えていなかったな……」

それから、自嘲の形に唇を歪《ゆが》めた母君が言った。

「そなたは、宮様を連れに来たのか」

「……はい」

「なんとか見逃してはもらえないか」

「それは……申し訳ありません、無理です。宮様はもうすでに死した人なのです。そのさだめは誰にも、閻魔王様にもくつがえせません」

それでも情に訴えればなんとかなると思ったのか、母君が語る。

なぜこんなことになったかを。

宮の母女御、いや、冬継の生母である先帝の女御は藤氏の中でも傍流の出で、宮中では肩身の狭い思いをしていた。体調を崩すことも多かったそうだ。

「その原因は左大臣だ。姉が幾人、皇子を産んだとて今さら我が家が主流に返り咲けるはずもない。左大臣の栄華は変わらない。なら、それで満足しておけばよいものを、あの男は器が小さかった。もはや競争相手にならぬ者など放っておけばよいのに、他に帝の寵《ちょう》を受ける妃がいるのが目障りと、権力をかさに着てことあるごとに姉をなぶった」

そんな時、あれが起こった。

女御が六人目の子を身籠もり、父の邸に里下がりしていた時のことだ。左大臣の嫌がらせで陰陽師に方向が悪いと言われ、都外れの祖母の邸に移ることになったのだ。

その邸はすでに女御の妹である母君の産屋となっていた。出産は穢れだ。帝の御子を身籠もった女御が他の女の産屋を訪れるなどあり得ない。

「だが方角が悪い、移れ、と言われれば大事な御子を身籠もった身では移るしかない。妹のお産はすぐに済む、自身のお産はまだ二十日ほど先だ。それに何度もお産を経験した経産婦だ。方違えが終われば父の邸に戻り、陰陽師に祓いをしてもらえばいい。そう己をなだめ、女御は身重の体で祖母の邸にやってきた。が、私のお産は長引いていたのだ。ただでさえ予定から十日も遅れていたのに、産気づいてから二日経っても生まれていなかった」

しかもまずいことに、もともと体調が優れなかった女御は悪路を牛車《ぎっしゃ》に揺られ、妹の初産がうまくいかないことを案じたせいか、予定よりかなり早くに産気づいてしまった。

「他の女が産屋とした邸で、まさか姉女御までが御子を産むことになるとは」

もはや女御を動かせない。そう判断して急遽、産婆が呼ばれた。が、間に合わなかった。

精神面でも不安定になっていた女御は他人を近づけず、仕方なく女御と、その母親、後はなんとかお産を終えた母君が、帳《とばり》の内に侍ったのだとか。

女御の出産が始まった時も、産屋にいたのは女御の母親と妹である母君だけだった。他にいた女房たちは皆、湯を運んだりと落ち着かなく、お産の経験者もいなかった。仕方なく、幾人か子を産んだ経験のある女御の母親が産屋を仕切り、産婆の真似ごとをした。

それで、なんとか無事、出産は終わった。

が、問題はその後だった。女御はなかなか後産が降りず、その頃になってようやく到着した産婆はそちらにかかりきりで、女御の母親と母君の二人が別の帳に移り、赤子に産湯を使わせることになった。

「そこで気づいたのだ。女御の赤子は息をしていなかった」

そういえば産声もあげていなかった。これは死産かと蒼白になったところで、帳の向こうから、「赤子は、赤子はどうだったの」と弱々しく問う女御の声が聞こえたのだ。

母君たちからすれば身内とはいえ、帝からの預かりものの尊い女御だ。しかも女御は息も絶え絶えで、死産でしたとはとても言えない状況だった。

娘である女御を気遣い、

「無事です、可愛い皇子様ですよ」

と、言ってしまった女御の母親を誰が責められるだろう。他の女房たちに帳に入らないよう命じて赤子の蘇生を試みたが、無駄だった。すでに死んでいた。

「その時、なぜか左大臣の顔が頭に浮かんだのだ。皇子が死産であれば、勝ち誇ったように笑うであろうあの男の顔が。この死もあの男の嫌がらせのせいなのに。私はずっとあの男のせいで辛苦をなめてきた。あの男がいるから姉は寵があっても皇后にはなれず、私は婿が見つからず。またあの男にあざ笑われるのかと思うと、我を忘れたのだ」

これ以上、かき回されてたまるか。

今まで虐《しいた》げられてきた怨みが積もり重なり、堰《せき》を切り、魔が差したとしか思えない。

「だから私は姉を謀《たばか》った。同じ邸に生まれたばかりの私の子がいたのをいいことに、それを女御様に差し出した。『あなた様の御子です』と言って」

その後、皆が疲れて眠りに落ちたのを見計らい、死産だった女御の子を運び出した。尊い皇子を葬る罪悪感と、証拠を残したくないとの思いから荼毘に付した。

「今でも覚えている。無理がたたった私のほとからは血が流れ、足に滴っていた。僧に書かせた卒塔婆《そとば》だけを供えに昼の間に雑色に積ませておいた柴《しば》の山に火をつけた。が、赤子は死んではいなかった。息が詰まっていただけで、火にかけると泣き出したのだ」

だがその時はすでに女御の子として自身の子を差し出していた。本物の宮の体にも火傷を負わせてしまった。入れ替えのことを言い出せなくなっていたのだ。

幸い、母同士が姉妹なせいか二人の赤子はよく似ていた。生まれた時刻も数刻違い。早産、遅産の違いこそあれ、生まれてすぐに取り替えたこともあって周囲を騙《だま》すことができた。

「皆、私の子の発育が遅いのは、歳《とし》をとってからの子で難産だったからと解釈してくれた。実はこちらの御子が女御の早産で生まれた赤子だとは誰も気づいてくれなかった。私を止めてはくれなかった……！」

流れで行ってしまった入れ替わりだ。が、ばれれば一族すべて配流とされかねない大罪だ。

「仕方なく、この秘密は二人だけのものにと、私は、私の母に頼んだ。二人で泣いたよ。これからのことを想って」

自分は凡庸な女だ。そんな大それたことには向いていない。だがごまかし通すしかなかった。そう母君が語った。

「それからは地獄だった。秘密の発覚を恐れ、つききりで〈宮様〉のもとに侍った。私の子とされた姉の子は邸の女房たちに任せきりにした。それどころではなかったのだ。少しでも〈宮様〉から目を離せば、誰かが秘密に気づいてしまいそうで」

〈宮様〉はもともとただ一人の自分の子だ。政敵に狙われる不遇の立場にも情が湧いた。

何より、勝手に入れ替え、火傷まで負わせた姉の子を直視できなかった。

大事な姉の子だ。愛がないわけではない。が、それ以上に帝の子に火傷を負わせ、日陰の身にした罪の意識が重く、何より童の頃からの淡々とした態度に、もしやすべてを知っているのではないか、そのうえで私と宮を成り代わりの不敬者と怨んでいるのではと思うと気まずくて、ことさらに距離を置いた。

「何を企《たくら》んだわけでもない。皇族の位に野心があったわけでもない。ただ、最悪の運勢が重なって、こうなってしまった」

母君はそう独り言めいてつぶやく。

「一度ついた嘘は、つき通すしかない。それから月日が経ち、母も姉女御も死んだ。あの夜、産屋にいた三人の女のうち、私だけが残った。ただ一人、秘密を抱え、嘘をつき通す覚悟を決めた。そのために心をぼろぼろにしながら私は宮様のもとに侍り続けたのだ」

こんなところで秘密をあらわにするわけにはいかない。

母君が言った。

「一緒に死んでおくれ。その鬼籍の写しも、そなたも。秘密を守るためには消すしかない」

そして、母君が手を伸ばした。塗り籠めを照らしていた灯台を倒す。

油が床に撒《ま》き散らされ、炎が上がった。

母君がつけた炎はあっという間に塗り籠めの扉口を覆った。運悪く、検非違使関係の書類が多く置かれ、更衣のために布もため込んでいたので燃えるものには不自由しない。

『乙葉っ、よけろっ』

『くそっ、消えろってんだ、このっ』

護衛の火の玉たちがあわてて飛び出して消そうとする。が、火の玉たち自身が火だ。火で火を消すことはできない。

呪術師は器用に身をくねらせ、塗り籠めの反対側にあるにじり口から抜け出したが、乙葉は炎のせいでそちらに近づくこともできない。

「も、もう駄目かも……」

乙葉は咳《せ》き込みながらも懸命に、意識を失った母君の体を炎から守っていた。

母君は乙葉が塗り籠めから抜け出さないようにと己の袿を脱ぎ、炎を煽《あお》り、火にくべたせいで炎を一切、よけなかった。そのせいか煙を吸い、倒れたのだ。

乙葉は母君の体を抱き、炎から遠ざけようとした。が、乙葉自身、襲いかかる母君から逃げる間に煙を吸っている。すでに体の自由がきかない。

「判官殿、放免の皆さん、中主典殿、爺やさん……」

人界に来て知った、いろいろな人たちの顔が脳裏に浮かぶ。

ずっと人が怖かった。いや、嫌いだった。

忌子《いみご》と嫌われてばかりで寂しかったから。だから心を凍らせていた。

誰からも顧みられず、たまに注意を引けても罵られるだけ。そのたびに傷つくのが嫌で、最初から期待をしなければ失望もせずに済むと、感じることをやめていた。そうして自分を守ることだけを考えて生きてきた。

なのに、恐れながらやってきた人の世は温かで。

乙葉のことを死に戻りの地獄の娘と知りながらも、検非違使の皆は厭《いと》わずにいてくれた。乙葉が弱い、情けないところを見せても、しょうがないなと手を貸してくれた。それどころか、ことあるごとに褒めてくれた。ここに来て、乙葉は生まれて初めて気を張らずに生きることができたのだ。

(だから、お返しがしたい、そう思ったのに……)

倒れた冬継を見て、初めて、自分以外のものを守りたいと思った。

「負けな、い。負けたくない……!」

必死に、決意を口に出す。

ずっと人の心をうかがって、波風を立てないよう、それだけを考えて生きてきた乙葉だ。

何かに対抗するなど考えたこともない。だが抗わなくてはいけない。折れるわけにはいかない。そんな大切なものが自分にもできてしまった。

（せめて、知り得た真実だけでも伝えないと……！）

紙に書いたのでは燃えてしまう。だが火の玉たちなら。

乙葉を気遣い、離れずにいてくれるが、火の玉たちなら火にまかれても死んだりしない。乙葉の言葉を外にいる皆に伝えられる。

（でも、火の玉たちは私から離れたりしない。お父様がそう言いつけたから。私が死ねば一緒に地獄へ降りてしまう……）

生きた〈人〉である乙葉がいるから、彼らもここに存在していられる。妖力の弱い、火の玉たちだけでは、媒体となる乙葉が死ねば人界に居続けることができない。

外への伝言は、乙葉が生きている間にしなくてはならない。

だが乙葉を心配する彼らは、火の中に乙葉を置いたまま他へは行かない。

（なら、どうすればいいの？）

なけなしの知恵を絞って考える。炎を炎で消すことはできない。だが思い出せ。火炎地獄の鬼たちはどうやって炎を適量にとどめていた？　備品倉庫にあったのは？　補充物は何？

（そ、う。炎は燃えるものと空気がないと消えてしまう）

思い出した！

乙葉は顔を上げた。咳き込みながら、条件を備えた場所を探す。そして火の玉たちに請う。

「お願い、あそこを燃やして」

『でも、乙葉』

「大丈夫。一瞬で燃やせるでしょう？」

炎の向きを中心へと揃《そろ》え、円を描くように一気に広い空間を燃やし尽くせば。

そこだけ、燃えるもののない安全地帯ができる。密集した家屋がある街で、火が燃え広がるのを食い止めるために周りの家を壊す、その応用だ。

『なるほど』

『頭いいじゃねえか、乙葉！』

『よし、全力で燃やすぞ！　せえの！』

三兄弟がすぐに作業にかかって、開いた空間を作ってくれる。乙葉はそこに母君の体を引きずり込んだ。

『よし、これで乙葉は煙の心配だけすればいいな』

『後は外から助けが来るのを待てばいい』

「そうだけど、その助けを待つ間にお願いがあるの。私は判官殿の母君とここにいるから、ここで母君とお話ししてわかったことを判官殿に伝えてほしいの」

『えー、そんなの、助かってから言えばいいじゃん』

『俺たちは乙葉の傍を離れないぜ』

やはり思った通りのことを言う火の玉たちに、乙葉は苦笑した。

彼らの心はありがたい。だが三兄弟は大丈夫でも乙葉は人だ。炎が来なくても、煙で息が詰まってしまう。助けを待つ時間があるかわからない。

初めて人界に来た時のように火の玉たちに体を持ち上げてもらおうにも、乙葉を守ろうと懸命に炎に抗ってくれた火の玉たちには、もうそれだけの力は残っていない。

(だけどそれを言ってしまえば、火の玉たちは使いには行ってくれない)

だからわざとそのことは言わない。言わずに願う。

「お願い。行ってきて。助けを待とうにも、外の皆さんに私たちがどこにいるか知らせる必要があるでしょう?」

『そういうことか。なら、わかった、乙葉』

『すぐ帰ってくるからな、絶対に無事でいろよ、待ってろ』

幸い、火の玉たちは屋根が延焼して落ちてこないようにと、床板から屋根まで見事に燃やし尽くしてくれている。

開いた上部の空間から、火の玉たちが飛び出していくのを見送る。

（できた。火の玉たちに、本当のことを悟らせずに送り出すことができた……）

彼らはきっとここへ助けを連れてきてくれる。乙葉は無理だが、気を失ったおかげで、それからはあまり煙を吸っていない母君なら助かるかもしれない。

そう考えて、乙葉は微笑《ほほえ》む。

どこにも居場所のなかった、厭われてばかりだった乙葉が、自分が決意したことをやり遂げることができたのだ。

満足だ。

これで死に、亡者として地獄へ舞い戻る羽目になっても後悔しない。

どこか清々《すがすが》しい気分で、火の玉たちが去った方角を見上げる。炎の中にぽっかりと空いた穴は、初めて人界に来た時に、井戸の底から眺めた空のようだった。

眩《まぶ》しくて、暖かくて、そして遠い。

「最期に、もう一度だけ会いたかったな……」

脳裏に浮かんだのは、乙葉を井戸から連れ出し、何度も頭をなでてくれた人の顔だった。

すでに地獄の籍を持つ自分は死ねばどうなるのだろう。亡者として死出の山を越えて地獄に帰るのだろうか。残念だな、と思った。

三途の川の恋の風習は、どうして殿方が女人を迎えに来るばかりで、逆はないのだろう。

「女でも殿方を迎えに出ていいなら。私が先に死んでも、三途の川で判官殿を迎えることができたのに」

なら、彼の手を引いて川を渡れたのに。

乙葉が死んでも、迎えに来てくれる人は誰もいない。

「一人で三途の川を渡るの、寂しいな」

それが最後の思考になった。力尽きた乙葉は、そのままそこで意識を失った。


冬継が火の玉たちの案内を受け、その場にたどり着いた時、すでに乙葉の目は閉じていた。母をかばうように、炎のない焦げた穴の真ん中にうつ伏せに倒れていた。

「乙葉っ、しっかりしろっ」

あわてて抱きかかえ、名を呼ぶ。が、意識が戻らない。

(一刻も早く外に連れ出さねば)

小さなぐったりした体を冬継は抱え直した。足場が悪い。腕に抱いては手が使えなくなる。

冬継は帯を幾重にも結んで乙葉を背に負ぶった。

頭から袿をかぶせ、火の粉がかからないようにする。一緒に飛び込んでくれた放免たちも濡れた衣をふって炎を防ぎ、母を負ぶってくれた。そのまま、炎の薄いところを先導する。

「さ、こっちです、判官殿っ」

「ああ」

そちらに足を踏み出しかけたところで、間に、燃える梁《はり》が落ちてくる。

火の粉が散って、路を断たれた。

「じ、判官殿っ」

「駄目だ、ここはもう通れない。先に行け、私は別に路を見つけるっ」

叫び返して、退路を探す。どこも炎だらけだ。こういう時に火の玉たちがいてくれたらと思うが、彼らは乙葉の待避所を作るのに力を使いすぎたからか、冬継たちをこの場に連れてきたところで力尽きた。地獄へ戻ってしまったらしく、ここにはいない。

冬継は人が嫌いだ。自分の命すらどうでもよかった。ただ、自ら死ぬのが面倒で生きていた。

だが、今は生きねばと思った。

(私が死ねば、乙葉が……！)

実母にも虐げられ、いつも一人で、それでも生きたいと、家族にふり向いてもらいたいと懸命に顔を上げていた少女を、こんなところで死なすわけにはいかない。

（考えろ、考えろ）

死に戻りは異能を持つ。この世に一人、孤独に、忌まれる存在として蘇る哀れな存在に、せめてその身を護れるようにと、天帝が授けた慈悲だ。

（天の頂点に立つ存在が、忌まれる者でも生きられるようにと与えた力。なら私にもあるはずだ）

なぜなら、火の玉たちから聞かされた。乙葉が母から聞き出してくれた、己の過去を。自分はあの時、息を吹き返した時にはすでに炎に巻かれていた。絶体絶命の状況だったはずだ。赤子だったとはいえ、誰かの助けを呼ばなかったとは思えない。

（思い出せ。私は願ったはずだ。身を包む炎から逃れる方法を）

思い出さないようにしていた細部までをも思い出す。

あの時の自分は泣き声をあげたことで母に助け出されたのではない。あの時の母は微妙な顔をしていた。

（思い出した……）

あの時の母は手を伸ばして救うか、このまま見殺しにするかを決めかねていた。恐ろしい鬼のような顔をしていたのだった。

（私は、私の力で炎から逃れたのだ。そして周囲の関心を引いた）

ここにいる、助けてくれと。

　そうだ、思い出した。自分は何も天帝に望まなかったわけではない。あの時、強く願った。身を焼く炎を一撃で吹き飛ばせる力を、周囲の皆の耳目を集められるだけの力をくれ、と。そして授かった。自分は天帝の慈悲を得て、異能を手にした。圧倒的な力で炎を弾き飛ばし、人の耳目を引きつけたのだ。

（……雷を、その場に落として！）

　冬継はすべてを思い出した。苦い味のする唇を嚙み締める。

「もう一度、やれるか……？」

　あの時以来、一度も使わなかった異能だ。だが、その力はまだこの身に残っている。そのことを信じて、使い方を体が覚えていることを願って、冬継は目をつむる。強く願う。

（どうか、この炎を……！）

　吹き飛ばしてくれ。

　その刹那。邸の外では快晴だった空に急に暗雲が立ち込めた。皆が驚き、空を見上げる。

　そこへ、一撃。

　激しい音が周囲に響く。

　目映《まばゆ》い光と共に落ちてきた雷が、その衝撃で燃える邸の炎を吹き飛ばしたのだ。

激しい、光が生まれた。

目蓋の裏を刺すような目映い光。それから、音。衝撃。体が揺れている。

乙葉はふと、気づいた。目を開ける。

(生きて、る……？)

誰かの背に負ぶわれている。ぼんやりと思い出した。遠い昔、ずっと狭い土牢《つちろう》に閉じ込められていたせいで、足の萎えた乙葉を背負ってくれた人がいた。

(あれは、お父様……)

初めて見た髭の男性は、まだ名もなかった乙葉に、父だと名乗った。それから涙を流しながら、迎えに来たよ、遅くなって済まないと謝ってくれた。そして温かな手で垢《あか》まみれの細い乙葉の腕を取り、こんなに痩せて折れそうだ、とまた泣いた。

今は義母の目を気にして、距離をとる父だが、あの時は頼もしい背に負ぶってくれた。

大きな手で、怖くない、怖くない、と頭をなでて着ている袍《ほう》が汚れるのも構わず膝をつき、骨と皮になっていた乙葉を抱き締めてくれた。

それから、父と共に降りた地獄への道。

暗く狭いそこは土牢で育った乙葉には妙に落ち着く空間で。その先に開けた地獄の光景は忘れられない。

母の胎から生まれ出た刹那のような。

乙葉はあの時、人としての生を終え、地獄の娘として生まれ直すのだと感じた。

「ここは……」

つぶやくと、声がした。

「気づいたか」

懐かしい、とても聞きたかった声だ。

「判官、殿……？」

「ああ。遅くなってすまない。火は消えたが、まだ焼け跡の中だ。煙が出ているから、もう少し目と口を閉じていてくれ。そなたは必ず助ける」

言われて、何があったかを思い出す。おとなしく目をつむると、彼の広い背の温《ぬく》もりを感じた。体が揺れるのがよくわかった。

（そういえば、井戸から出る時もこうして揺られた）

初めて人界に来た時のこと。井戸から人界へ出ようとした時のこと。あの時は怖かった。

見知らぬ人に負ぶわれているのが怖くて暴れてしまった。

だがあの時も、彼は乙葉に言ってくれたのだ。

「信じてくれ。必ず助ける」

そう言われて、乙葉は暴れるのをやめた。おそるおそる彼の背に顔を寄せた。

練絹《ねりぎぬ》のやわらかな感触と、焚《た》き染《し》められた香のよい薫りがして、父に背負われて地獄へ降りた時のようだと思った。それから、じょじょに井戸の縁が近づいて、眩しい陽光が見えて、わっと歓声があがって、身をすくめた。

そこには知らない男たちがたくさんいて、その中心に、乙葉を負ぶってくれた人がいた。

久々に見た亡者でも鬼でもない清らかな姿に、乙葉の目は引き寄せられた。

だがその時は他にもたくさんの人がいて、しかも目映い陽光が遮るものなく乙葉を照らしていて、あまりの恐怖に失神してしまったのだ。

（だけど、今は違う）

今は、この人が、いや、この人たちが誰よりも優しいことを知っている。

ぎゅっと彼の背にしがみつき、彼の言葉を信じていることを示す。やがて彼が歩みを止め、乙葉をそっと地面に下ろしてくれた。

「もう目を開けて大丈夫だぞ、乙葉。よく頑張った」

その声に、きつくつむっていた目をそっと開ける。

そこにあったのは見知った皆の顔だった。

「お帰り、姫さん！」

「無事でよかった……」

「判官殿の母君も無事だから安心しな。ちっこいのによく頑張ったな」

大きな無骨な手でもみくちゃにされて、それでも乙葉は幸せそうに笑い声をあげていた。

煙でいぶされたせいで、掠れた、蟾蜍《ひきがえる》のような声だったが、それでも乙葉は一緒に笑って、ほら早く水を飲めと、たくさんの手が差し出してくれた碗《わん》の水を飲んだ。

美味しかった。

甘露とはこのことかと思った。そして、ああ、帰ってきたのだと思えた。

そんな乙葉をまた判官殿が抱き上げて、もっと安全な場所まで運んでくれて、改めて思った。人の世が怖くないことを教えてくれたのは、彼だ、と。

人は、深い心の底で、母の胎から生まれ出た刹那を覚えているのだろう。

だから黄泉《よみ》や神域など、異界との界《さかい》に坂や井戸、鳥居の列など昏《くら》く険しく、それでいて先に光を望める隧道《ずいどう》めいた路を築くのだ。

険しい路を越え、新たに生まれ直すために。

乙葉は思った。

(お父様に負ぶわれて地獄へ降りた時、私が地獄の姫となったのなら)

冬継に負ぶわれて人界へと続く井戸をくぐり抜けた時に、自分は新しく〈人〉として、生まれ直したのかもしれない——。

それから。火事騒ぎが一段落した後のこと。

冬継は自らが呪詛されたことを訴え出て、前土佐守は捕縛された。

一見、単純な逆恨み故の犯行かと思われた事件だが、取り調べが進むうちに次々と余罪が見つかった。

波多の養父の殺害疑惑や、蕃案主の父親の主家を呪詛し、夜盗に襲わせたことなど、偶然にもいろいろ出てきて、今、検非違使庁は大騒ぎだ。

だが、まだ梅宮を呪詛したことは公になっていない。

冬継が止めたからだ。

宮は乙葉が追う〈逃げた亡者〉だ。すでに命を落としている。そのことにまだ本人は気づいていない。

だから先ず、宮の心の整理がついてからでないと、呪詛騒ぎを公にはできない。そう考えたからだ。

――その日、冬継は乙葉を連れて、宮の邸を訪れていた。

宮に、真実を話すためだ。

もはや枕から顔を上げることすらできなくなっている宮には、まだ膨らみの目立たない腹の妃が付き添っていた。

冬継はお人払いをと言ったが、その深刻な顔に何かを悟ったのだろう。宮は「妃も一緒に」と言った。几帳の向こうに座った妃も、強張った顔でうなずく。

ならばと、冬継はすべてを話した。

前土佐守が放った呪詛のことを。そして乙葉が追うことになった〈逃げた亡者〉のことを。

宮は最後まで静かに聞き、そして言った。

「……そ、うか。死んだのは私。あれは夢ではなかったのだな」

淡く微笑む。

「ほっとしたよ。あやふやだった記憶が、やっと明確な像を結んだ気分だ……」

それから、宮は自身が〈夢〉と信じていたことを話してくれた。

どこかの見知らぬ河原で、私は鬼に〈藤原冬継〉と呼ばれていた、と。

「呪詛で死んだと聞かされたのだ。そのことにも驚いたが、何よりも、なぜ、私がそなたの名で呼ばれるのかと混乱した。それに真実、私が呪い殺されたのなら、妃はどうなった、無事を確かめなくてはと思った。それで、気がつくと『現世に連れ戻されるのをここで待っている』と言った老人の衣を剝ぎ、逃げていた」

それらを断片的に覚えている、と宮は言った。

「気がつくと私は変わらずここに横たわっていて、目が覚めたかと聞く妃がいて。……悪い夢を見たのだと思った。いや、そう思ってしまいたかったのだろう。身重の妃のためもあり、呪詛への対策をとりもしたが、どうしても自分が死んだとは思えなかった。それに、夢の中で私は〈冬継〉とそなたの名で呼ばれていた。だから自分のことと思いにくかったのだ。逆に、そなたの身に何かあったのではと心配になった」

冬継は思った。それで宮はこちらの顔色の悪さを気にしていたのか、と。

宮が今、床に伏し、起き上がることもできないのは、体の劣化が進んできたからだ。

前土佐守が宮を呪うつもりで冬継を呪った件は、無事、前土佐守の邸から〈形代〉を奪い、解呪した。犬神の呪詛のほうは、残った穢れを陰陽寮の陰陽師が祓うことになっている。

だが。

（……すでに呪いが成就し、宮様が死した身だということに変わりはない）

呪詛に気づくのが遅すぎたのだ。

いつもは表情のない冬継の顔に、苦痛に似た色が浮かぶ。

「乙葉。冬継は私だ」

隣に控えた乙葉に、彼は絞り出すように言った。

「どうしても地獄へ逃げた亡者を連れていくというのなら、私を代わりに。頼む」

懇願する冬継を、宮が止める。

「もういいのだ、冬継」

淡々とした、だがどこかふっきれたような清々しさを感じる声だった。

「私の体は後は朽ちるだけなのだろう？　なら、せめて愛する者たちの心に、健やかな笑顔の記憶だけを残していきたい」

それに、と、宮が涙ぐむ妃の腹を愛《いと》しげに見る。

「このままでは私は輪廻《りんね》転生の輪から外れ、未来永劫《えいごう》さまようことになると聞いた。ならば私はいつかは怨霊になるかもしれない。私をこんな目に遭わせた者たちを呪うかもしれない。……私はこの子に、父は怨霊であったとは聞かせたくはない。妃と子の無事を確認でき、呪いの黒幕が捕まっただけで満足だ」

それから、宮が無理に顔を上げた。冬継を見据えて、頭を下げる。

「〈母〉のしでかしたこと、償いようもない。だが頼む。従兄弟《いとこ》のよしみだ。どうか妃と子を、二人を頼む。我が血筋を帝位になどという野心は持たない。そのような資格もない。ただ醜い争いに巻き込まれず、無事、暮らせるように。それだけをそなたに託す」

それを聞いて、妃が泣きじゃくった。

「宮様、どうか私も一緒に。置いていかないでくださいませ」

叫ぶように言ってすがりつく妃の手を、宮が取る。そしてそっと妃自身の腹へとあてがった。

まだ膨らんではいない、だが新たな命の宿った〈胎〉に。

妃の顔がくしゃりと歪んだ。

「この子のために、生きてくれ」

妃が嫌、嫌、と言うように顔を左右にふる。だが、彼女が一人でも赤子のために生きる決意をしたことは、その場にいる者にはわかった。

しゃくり上げる妃の肩を抱きながら、宮が冬継に顔を向けた。

「こんなことを言えた私ではないが。私が逝った後、どうか〈母〉のことも頼む。あのような態度をとってはいたが、そなたのことも気にかけていた、それは確かだ。犯した過ちから己の母や姉を守るので必死だったのだ。亡き女御の母上も、そなたこそが己の子だったと知ればきっと愛しただろう」

言われて、冬継は心にこびりついていたしこりが取れた気がした。

それから。冬継は宮と今後のことを話し合った。

入れ替わりのことは誰にも話さないことにした。大逆の罪を犯したのは傍流とはいえ藤氏北家につながる女たちだからだ。

知られれば上皇の藤氏北家への印象がさらに悪くなる。そうなれば、かえって宮の妃と胎の子、それに冬継の身も危険になる、そう考えたからだ——。


時間をくれ、と宮に言われて妃と二人にし、乙葉は冬継と御簾の外へ出た。

なんとなく二人で簀《す》の子《こ》から庭を眺める。

いつの間にか桃や桜の季節も過ぎ、藤の花が咲き誇っていた。松の大木に絡みつき、流れ落ちる滝のような花を咲かせる藤の木の連なりを見ながら言う。

「……私、ずっと人が、人界が怖かったのです」

今さらながらの告白だ。だがこの人に言いたいと思った。

「私は初めて得た異能を母に向けました。そして恐怖と憎悪をぶつけられました。なので、人が、母という存在が怖かったのです」

だが宮と妃の様を見て、親の愛を。〈藤原冬継〉の母を見て、母の強さを知った。だから。

「幼い頃に別れたきりの母に、会ってみたい、そう思えるようになりました」

母はこの現世のどこかにいる。鬼籍には入っていないから、生きているはずだ。もう乙葉のことは忘れたかもしれない。覚えていても、なぜ、来たの、とおぞましがられるだけかもしれない。

(それでも。会えば、変われる気がする……)

人が怖くて亡者相手でも面をかぶっていた自分。そんな弱気を吹っきれる気がする。言って、恥ずかしくなって乙葉は袿の袂から納蘇利の面を出した。顔にかぶる。

それを見て小さく笑うと、冬継がぽんと頭に手を置いた。そして言った。

「手伝おう」

「え」

「逃げた亡者ではなく、今度はそなたの母君を探すのを。人界は広い。父君が見られたという天界の人命帳を見れば母君の名や宿星はわかるだろうが、私の例がある。探しあてるのに時間がかかるかもしれない。拠点は必要だろう。だから、その時は私のもとに来ればいい。面倒は見る」

それは口実で、また会いたいから。

このまま今生の別れにはしたくない。そう彼の心が言うのが異能を使わなくても乙葉にはわかった。

だから、乙葉も言った。

そっと、私もです、との想いと感謝を込めて。ただ一言だけ。

「ありがとう、ございます……」、と。

そうして。

乙葉は宮の、いや、〈藤原冬継〉の魂と共に、地獄へと帰っていった——。

終話　獄卒姫の嫁入り

うららかな春の風が吹く。ふわりと舞い踊るのは薄紅の桜の花弁だ。

十重、二十重、幾重にも広がる花の波。再建した冬継《ふゆつぐ》の邸《やしき》では、満開の桜が華やかな花《はな》霞《がすみ》となって辺りを薄紅の色に染め上げていた。

そんな春の景色の中、冬継は心をはやらせ、井戸の前に立っていた。

乙葉《おとは》が地獄へ戻り、ただの水しか湛《たた》えなくなった井戸だ。だが、今日はそこから彼女が再び現れるはずだった。

あれから、十か月。

焼け落ちた邸は元通り、建て直した。不吉だから引っ越してはどうかとも言われたが、ここは乙葉との思い出の場所だ。地獄とつながる得がたい井戸もある。もし万が一、乙葉が約束を守って現れた時、迷子になったらと思うと離れられなかった。

そうして、すべてが元通りとなり、乙葉や火の玉たちがいない邸で再び暮らし出した、ある日のこと。冬継のもとへ火の玉たちが現れたのだ。

年が明け、彼女が初めて来た日のように梅の花が薫り出した如月《きさらぎ》のことだった。

よっ、とまるでつい昨日別れたばかりのように気軽に現れた火の玉たちは、懸命に火力を抑え、燃えない火鼠《ひねずみ》の皮衣で作った袋に入れた文を渡してくれた。

『乙葉からだ』

無事、逃げた亡者を捕らえ、地獄に戻った乙葉は閻魔《えんま》庁の官吏として復帰したが、実母に会いたいという願いを忘れられず、父の篁《たかむら》に相談したらしい。

「父は人界に世話をしてくれるあてがあるのなら、探しに行ってもよいと言ってくれました」

と、遠慮しながらも、閻魔庁に休暇の願いは出した、また居候をしていいか、今度はきちんと衣食住の対価を持参するのでと書いてきた。

冬継は、即、「もちろん構わない」と応じた。対価のことなど心配しなくてもいい。身一つで来てくれて構わない、と。

そして、今日、彼女が地獄から戻ってくるのだ。

あれからずいぶんと時が経《た》った。今では彼女も十五歳になったはずだ。

さぞかし大人びただろうと、不安なような、楽しみなような、複雑な想いを持て余しながら待っていると、シャン、シャン、と涼やかな鈴の音が、どこからともなく聞こえてきた。

怪訝《けげん》に思って辺りを見回す。

（……井戸から、か？）

おそるおそる近づき、中を覗《のぞ》き込む。

すると暗い隧道《ずいどう》めいた井戸からゆっくりとせり上がってきたのは、皇女の降嫁か斎宮《さいぐう》の下向を思わす華やかな行列だった。

馬で先導する鬼たちに、火の玉の雪洞《ぼんぼり》、亡者たちが担ぐ金の鳳凰《ほうおう》飾りがついた輿《こし》。

あっけにとられていると、地上に到着した輿の帳《とばり》を開けて、彼女が現れた。

金の宝冠から下がった歩揺《ほよう》がシャラシャラと軽やかな音を立てる。身に纏《まと》うのは紅を基調とした、見事な十二単《じゅうにひとえ》だ。

初めて彼女を迎えた時のことを思い出し、ますます愛らしく艶やかになった乙葉に冬継はつい見惚《みと》れてしまった。立ち尽くす冬継を、乙葉が見つける。

とたんに彼女の顔がぱあっと明るく輝いた。

輿を降り駆け寄ってくる。冬継が相変わらずの小さな体を抱き留めると、彼女が切羽詰まった様子で謝った。

「申し訳ありませんっ。父に話したところ、どうやら誤解したようなのです」

「誤解?」

首を傾《かし》げる冬継の頭上から影が差す。

何事かと振り返ると、そこには背後から恐ろしい地鳴りが聞こえるような迫力で、身の丈、六尺以上はあるかという髭《ひげ》の男が覆いかぶさるようにして立っていた。

「娘が世話になったな」

低い声ですごまれる。

息をのむと、乙葉がそっと教えてくれた。

「その、父の篁です。義母は前から異母妹の婿取りで私の処遇に困っていたのですが、今回の判官《じょう》殿の親切なお返事を見て、これは嫁取りに違いない、地獄ではもらい手のない娘でも、人界へ戻って嫁ぐのなら理に沿っていると大騒ぎをして、それを真に受けた父が強引に婚礼支度まで調えてしまったのです。私がいくら違うと言っても聞いてくれなくて……」

どうやら冬継が「身一つでいい」と書いたのを、求婚の言葉と誤解したらしい。

「……嘘《うそ》だろう」

絶句する。

まだ、恋ではないかもしれない。だが、乙葉のことは愛《いと》しいと思う。

死んだように生きていた自分に、命の大切さと今の楽しさを教えてくれたのは彼女だ。

それに、久しぶりに会えた彼女は目がくらむくらい眩《まぶ》しくて。

気弱な彼女に言ってはこちらの意思を押しつけることになるかもしれないと、ぼかしはしたが、彼女を地獄へ戻したくない、共に生きたいと思っていた。

だが。

（彼女を妻とするには、この人を舅《しゅうと》と呼び、納得させねばならないのか……）

冬継は呆然《ぼうぜん》と、人界では野狂公《やきょうこう》とあだ名される人を見上げた。

感情を読む異能などなくてもわかる。彼の目は確実に、

「娘が是非にと言うから連れてきてやったが、お前ごときの化けの皮などすぐ剝《は》がしてやる。娘は地獄へ連れ帰り、お前は阿鼻叫喚《あびきょうかん》地獄の奥底へと堕《お》としてくれるわ」

と、言っていた。

冬継の背を春だというのに冷たい汗が流れる。

その背後を、はらりと春の訪れを告げる桜の花弁が舞っていた。

華やかな恋の季節、賑《にぎ》やかな人界の春は訪れたばかりだ——。

本作品は書き下ろしです

鬼《おに》愛《め》づる姫《ひめ》の謎《なぞ》解《と》き絵《え》巻《まき》
～小野 篁《おののたかむら》の娘《むすめ》と死《し》に戻《もど》りの公達《きんだち》～

2023年4月10日　初版発行

著　者　藍川竜樹《あいかわたつき》

発行所　株式会社　二見書房
東京都千代田区神田三崎町2-18-11
電　話　03(3515)2311[営業]
03(3515)2313[編集]
振替　00170－4－2639

印　刷　株式会社 堀内印刷所
製　本　株式会社 村上製本所

二見サラ文庫

本作品に関するご意見、ご感想などは
〒101-8405　東京都千代田区神田三崎町2-18-11
二見書房　サラ文庫編集部　まで

落丁、乱丁本はお取り替えいたします。　定価は、カバーに表示してあります。

ISBN978-4-576-23026-9
https://www.futami.co.jp/sala/

二見サラ文庫

目が覚めると百年後の後宮でした

〜後宮侍女紅玉〜

藍川竜樹

イラスト＝新井テル子

紅玉が目覚めるとそこは百年後の後宮!? 元皇后付侍女が過去の知識を生かして後宮に渦巻く陰謀と主君の汚名をすすぐ！

二見サラ文庫

女王ジェーン・グレイは九度死ぬ

～時戻りを繰り返す少女と騎士の物語～

藍川竜樹

イラスト＝ふすい

十六歳で断頭台の露と消えた女王、ジェーン・グレイ。目覚めると九歳の自分に。彼女を助ける騎士ハロルド。彼を心の支えに、運命に立ち向かう。

二見サラ文庫

平安算術がーる

遠藤 遼

イラスト＝vient

算術と数字にときめくかけだし女官の吉備。軽やかな算木さばきで都や後宮で起きる問題を、蔵人の匡親や惟家と解決する平安算術物語。